AF210812

ISBN: 9783837045284
Herstellung und Verlag:
Books on Demand GmbH, Norderstedt

Wir Leben zu schnell!
Gedanken, verloren.
Der Sinn und Zweck des Seins verwischt,
in der Unendlichkeit der Kürze.
Mal hier, mal da Akzente setzen,
ansonsten nur durchs Leben hetzen.
Wir sollten uns vielmehr besinnen,
unser Leben neu beginnen.
Achtsam nun durchs Leben gehen,
und offen alles Schöne sehen!

Jürgen Herzhauser

Für meinen Sohn Aaron

FROKAT

Eine Fantasy-Geschichte
von
Jürgen Herzhauser

Der Autor

Jürgen Herzhauser wurde 1965 im Badischen
geboren und lebt seit 1988 in Bremen.

INHALTSVERZEICHNIS

FROKAT

09.12.93 - Heute Morgen gegen 7:00 Uhr verließ ich, noch schwer müde vom gestrigen Tag, mein zu Hause. Es war einer der Tage, an denen man besser im Bett bleiben sollte. Es regnete in Strömen und kalt war´s dazu. Ich schnappte mir die angefallene Post um die weitere Bearbeitung meiner Mutter zu übertragen. Ein eisiger Wind bließ in mein Gesicht. Ich hetzte, wie so oft zuvor, die Straße hinunter, in der Hoffnung meinen Bus in die nahe City, noch zu erreichen.

Nun - ich hätte ihn nicht das erste Mal verpasst. Würde ich es nur einmal vollbringen, meinen Tag weniger gestresst zu beginnen; beim Bäcker zu halten und wenigstens ein Brötchen mitzunehmen? Beim Blick durch die Scheibe verwarf ich meinen Gedanken. Beim Anblick der sich drängenden Menge an morgenmuffeligen Brötchenkäufern, wollte ich nur noch zu meiner Mutter und dann schnellstmöglich zu Joe ins Labor zurück.

Ma machte einen Kaffee und baute ein Frühstücksbüffet auf, wie ich es lange nicht mehr hatte.

Als ich fertig war, ich ließ mir viel Zeit, erleichterte ich sie noch um etwas Bares, mit der Bitte meine Rechnungen zu begleichen, sowie, wenn es nicht all zu große Mühe bereite, meine Wohnung zu restaurieren. Ich ersparte mir und ihr, Einzelheiten kund zu tun.

Sie verabschiedete mich mit dem kategorischen Kuss und einem besorgten „Pass auf dich auf mein Junge."

„Alles klar, ... Ma,.... mach's gut, danke, und...Tschüss."

Ich also wieder in die Kälte und ab zu Joe.

ZEITREISE ?

Wir arbeiteten an einem Projekt, welches Fortuna hieß.
Fortuna sollte uns die Möglichkeit des Zeitreisens eröffnen.
Eigentlich wussten wir gar nicht, dass diese oder eine ähnliche Möglichkeit bestand.
Hätte uns irgendjemand gesagt, er würde an einem solchen Projekt arbeiten, hätten wir uns mit Sicherheit sämtliche Sympathien dieser Person durch unser verächtlich höhnendes Gelächter vertan. Ich muss nicht zufügen, dass wir einen Teufel taten um die Sache an die große Glocke zu hängen. Dass uns das nicht gerade leicht fiel .....?
Wie dem auch sei, ich schaffte es gerade noch rechtzeitig zum Bus und war 45 Minuten später bei Joe im Labor.

Der Gute hatte die ganze Nacht durchgearbeitet und war sichtlich fertig mit der Welt und den Nerven. Dennoch freute er sich, mich zu sehen und schallte mir lauthals: „wir haben es geschafft, wir haben es tatsächlich geschafft mein Junge." entgegen.

Es war ein simpler Kurzschluss, der uns am Abend zuvor fast zur Verzweiflung gebracht hatte. Joe wollte noch einmal die Schaltpläne durchgehen um den vermeintlichen Fehler zu finden. Ich war so gefrustet und müde, dass ich in Resignation unseres Tuns nur noch nach Hause und in mein Bett wollte. Zweifel an unserem Projekt, dass es doch gar nicht geben kann. Phantasterei. Zwei Jahre vergeblich gebastelt, verdrahtet, programmiert und erwartet, aufgrund eines.. merkwürdigen Zufalls?

ZURÜCK ZUM ANFGANG

Wie gesagt, es begann vor fast zwei Jahren. Wir arbeiteten an einer Möglichkeit, Fleisch und andere Lebensmittel mit nur geringem Stromverbrauch haltbar zu machen. Um unabhängig von herkömmlichen Energieversorgungen zu sein, wollten wir die Kraft der Sonne nutzen. Leider kann ich nicht viel über die Anlage, die wir Luise nannten, berichten. Ich kenne mich nur etwas in der Lebensmittelchemie und dem herkömmlichen wechseln einer Glühbirne aus. Dennoch vermochte ich, die mir von Joe aufgetragenen Arbeiten, von denen ich nicht unbedingt wusste, was ich tat zu seiner Zufriedenheit auszuführen.

Dann war es soweit. „Luise" (nicht größer als eine Badewanne) war fertig. Den Hauptteil stellte ein Zylinder aus Glas dar. Im Durchmesser 30 cm, und 40 cm hoch. Dieser war mit etlichen Drähten und Röhren mit einer Steuereinheit verbunden. Eine Kupfer-Zink-Legierung umhüllte den oberen Bereich des Zylinders.
Wir legten ein Stück Fleisch hinein, schlossen die Tür der Einheit und Joe stellte die Maschine an. „Lass uns ´nen Zug frische Luft durch eine Zigarette nehmen", meinte Joe. So gingen wir vor die Tür, rauchten ´ne Kippe und - was soll ich sagen? - es vergingen keine 8 Minuten, bis wir uns zurück bewegten. Zu unserem erstaunen war das Fleisch verschwunden. „Das war unsere Katze Klondyke", witzelte Joe. Diese kam verträumt und mit fragender Miene auf uns zu. Nein - Klondyke hatte es bestimmt nicht entwendet.
Zumal die Tür an der Front des Zylinders auch noch verschlossen war. Aber? ....Wo ist es geblieben? Wir

suchten das ganze Labor ab ohne uns wirkliche Hoffnung auf den Fund zu machen. Ich lag gerade auf dem Boden und schaute unter dem alten Sofa in der Ecke nach, als mich Joe rief und meinte: „Es ist wieder da." Ich fragte: „Was meinst du mit „es ist wieder da?"". Ich stand auf, schaute nach und..... es war tatsächlich wieder da!
Ich dachte zunächst, Joe wolle mich verarschen. Heimlich Fleisch raus und wieder rein und so. Ich hätte mich zwar gewundert, da es nicht seine Art war, aber nach mehrmaligem Beteuern seiner Unschuld war ich mir dieser bewusst. Wir starrten uns nur fragend an und beschlossen, den Versuch noch einmal durchzuführen.

Joe stellte die Zeituhr, die den Beschuss polarisierten Sonnenlichts in einer mit Helium durchfluteten, Quecksilber gefüllten Glasröhre, die den Beta Barium Carbonatkristall beinhaltete freigab, auf fünf Minuten zurück!

Wir starteten den Versuch mit dem Druck auf den Knopf der die Steuereinheit aktivierte und warteten gespannt auf das, was da kommen würde. Wir wagten kaum zu atmen, als kurz darauf das Stück Fleisch vor unseren Augen verschwand. Wir starrten uns an, als hätten wir zuviel irgendwelcher Drogen genommen. Da dem nicht so war, wandelte sich unsere Mimik in eine Art ungläubigem Überraschtseins. Dem setzte das sichtbar werden des Fleisches nach ca. 15 Minuten noch eins drauf.
Was war geschehen? Wir wiederholten den Versuch noch etliche male, um die exakte Zeit der Abwesenheit in Relation mit der Einstellung der Zeituhr zu erfahren. Diese jedoch hatte keinerlei Auswirkungen auf die Dauer der Abwesenheit Es stellte sich nach einigen Versuchen heraus, dass eine zweiminütige Zeituhreinstellung völlig

ausreichend war, auch andere Objekte z.B. eine Zitrone, die Stoffmaus von Klondyke, meine Zigaretten und alles, was sich als geeignet und in greifbarer Nähe fand, verschwand und nach 15 Minuten und 20 Sekunden später wieder unversehrt zurück kam. 1.000 Fragen taten sich uns auf und je mehr wir uns mit diesen befassten, desto weniger wussten wir eine Antwort.

Versuche um Versuche folgten. Natürlich überlegten wir uns nach geraumer Zeit, was passieren würde, wenn wir etwas Lebendes auf die Stahlplatte in dem Zylinder legen würden. Wir passten ja nicht. Also war unser zweiter Gedanke Gustav - Joes Ratte.

Wir einigten uns, dass auch unser Versuch von einer Ratte ausgeführt werden sollte, da diese - wie man hört - für Versuche sehr geeignet seien. Auch wenn ich etwas mehr einigte als Joe. Ganz wohl war mir natürlich auch nicht dabei. Aber der Wunsch des Wissens war gelinde gesagt einfach größer. Außerdem hatten wir ja quasi schon eine Ratte da. Also legten wir Gustav mit einem Stück Käse auf die Platte, stellten die Zeituhr auf den erprobten zwei Minuten und gaben Stoff. Wie erwartet, verschwand Gustav nach 73 Sekunden und tauchte nach 14 Minuten und 7 Sekunden zu unserer Erleichterung wohl behütet wieder auf. Den Verbleib des Käses mutmaßten wir in seinem Magen.

Über unseren Erfolg und Gustavs Wohl erfreut, stürzten wir uns etliche Biere in den Kopf. Wir wussten immer noch nicht, was oder wie es geschah... aber es geschah.

Natürlich brannte uns eine Frage vordringlich allen anderen.

Wo verbrachten unsere Versuchsgegenstände die Zeit von 14 Minuten und 7 Sekunden bei einer 2-minütigen Zeituhreinstellung? Läuft die Zeit in Abwesenheit der

Versuchs-Objekte identisch mit der unseren? Wir beschlossen den Versuch mit einer Stoppuhr zu wiederholen. Wir setzten Gustav mit einer Stoppuhr um den Hals in die Kugel und starteten das Experiment.

Alles lief wie gehabt, doch nach Ablauf der bekannten Zeit fanden wir nur die Stoppuhr an dem Platz liegend vor, wo sie hätte „mit" Gustav sein sollen. Wo war Gustav?

Die Zeit auf der Stoppuhr war identisch mit unserer Echtzeit. Doch..... wo war Gustav?

Was war passiert? Nun, nach einiger Zeit kamen wir zu dem Schluss, dass er sich wohl bewegt haben muss. Beim ersten Versuch hatte er sich wahrscheinlich beim Genuss des Käses nicht von der Stelle gerührt. Es war die einzige, uns logische Erklärung. Doch wenn, wohin hat sich Gustav bewegt?

In einen anderen Raum? Eine andere Zeit? Eine andere, neue Dimension?

..... Andere, neue Dimension? Der Gedanke schien uns so abstrus. Dimension,.....Zeit,.....Raum,..... alles bisher gekannte, da gewesene, schien eine neue Bedeutung zu bekommen...... Nur welche? Wir zogen uns immer mehr zurück. Nichts war mehr wichtig. Selbst essen, schlafen und alle anderen Notwendigkeiten des Lebens, wurden zum notwendigen Übel. Unser altes, rot bezogenes Sofa in der Ecke wurde unser Schlafplatz, den wir, wenn uns die Müdigkeit übermannte, abwechselnd nutzten, während der Wachende, weitere Versuche mit möglichen einstellungsvariablen und möglichen Gegenständen durchführte.

Mein Konsum an Zigaretten und Kaffee steigerte sich, wie sich meine Nahrungsaufnahme minderte. Sollten wir uns doch das ein oder andere Mal dazu durch gerungen

haben, uns etwas Essbares von irgendeinem Bringdienst kommen zu lassen, führten wir meist, kleinere Diskussionen, wer denn nun zur Tür ginge um die Sache zu managen. (man könnte ja was verpassen)
Nun um auf die Sache mit den „möglichen Gegenständen" zurückzukommen, sie war begrenzt. Das größte Format, welches wir testen konnten, war eine runde Keksdose mit drei von Joe's „wichtigen" Büchern darauf.
Keine Bange. Wir hatten mittlerweile etliche Versuche hinter uns gebracht, und wenn man von Gustav mal absieht (ein Hauch von Trauer macht sich breit) ging alles wie gewollt von statten. Um uns einen neuen „Kick" zu verschaffen, musste also etwas geschehen.
Ich möchte euch gar nicht lange auf die Folter spannen, aber als Ich den Einfall mit der Videokamera hatte, fegte Joe wie von der Hummel gestochen durchs Labor, stolperte über gesammelte Drähte, Kisten, übrig gebliebenen Pizzastücken und alles, was so anfällt in einer Männerwirtschaft, auf mich zu, knutschte mich ab und stammelte nur:„Genial - genial Alter..!"
Leider war es schon etwas spät, um in dieser Nacht (3:20 Uhr) noch eine Kamera zu besorgen.
Also beschlossen wir, Gott war ein guter Mann und nutzten unser Sofa, welches Klondyke nur unter Protest verlassen musste, gemeinsam zum pennen.

Ich wusste, wie es Joe ging. Ich konnte in dieser Nacht jedoch, trotz eingeschränktem Platzangebot, (im Sitzen, mit Kopf auf der Lehne.....) wunderbar schlafen.
Ich erwachte gegen halb neun vom Duft frisch gekochtem Kaffees, den mir Joe unter die Nase hielt. Da ich immer den Part des Kaffee kochens übernahm, war ich schon etwas erstaunt.

15

Es wurde mir recht schnell klar, dass dies kein Akt der Nächstenliebe war. Joe winselte:

„Ich konnte kaum pennen,... Du hast dich so breit gemacht, und die Sache mit der Videokamera, ...“ in einem Tonfall, der Mark und Bein erschüttern hätte können. Da ich das Glück hatte finanzkräftige Eltern zu haben, durfte ich mich um die Beschaffung des besagten Gerätes bemühen.

Kurz nach Mittag war es vollbracht. Ich kam mit einem nagelneuen „ Camcorder“ durch die Tür. Ich fand Joe schlafend vor. Der Gute...... hat sich's ja verdient....
Eigentlich wollte ich ihn noch etwas schlafen lassen, aber durch diversem Gerümpel kam ich aus dem Gleichgewicht, stolperte und schleuderte den just erworbenen Camcorder über einen entsetzten Klondyke, direkt in Joe's Magengegend, wodurch er (verständlicherweise nicht gerade sanft) geweckt wurde.
Ich bekomme ein merkwürdiges Gefühl in eben dieser Gegend, wenn ich daran zurück denke.
Nun ja, ...der Camcorder blieb unversehrt, was ja nicht unwichtig war. „Schwacher Trost“, meinte Joe. Was soll´s. Joe war wach und nach kurzem Murren machten wir uns ans Werk.
Wir bauten eine kleine Halterung aus Styroporwürfeln und Drähten.
Es machte keine große Mühe, da wir alles was wir brauchten griffbereit und fast ohne bearbeiten zu müssen, auf dem Boden fanden.
Es war soweit - Tür auf - Camcorder rein - Zeituhr an. ......STOP.......Camcorder an !!! - Zeituhr an - und los.
Wir setzten uns auf´s Sofa, tunkten unseren trockenen Butterkuchen in unseren kalten Kaffee und schwelgten uns mit wilden Phantasien gegenseitig an. Sehr weit sind

wir nicht gekommen, denn ruck-zuck war er auch wieder da. Wir sprangen gleichzeitig aus dem Sofa, rannten zu Luise – diesmal ohne zu stolpern, man kennt das ja - und öffneten die kleine Luke.

Wer zuerst? ..... welch´ bedeutende Frage. Nun, nach kürzester Debatte hingen wir Ohr an Ohr vor dem kleinen Monitor.   Schwarz,   schwarz,   grau,   grau, grau,........grau.......grau.. kein Ton, kein gar nichts. Nur Grau!

Wie? Bedienungsfehler? ..... Nö..... hyper einfach. Kassette rein, Power ON, Record....

Also,.....noch mal.....ganz ruhig.

Vier Augen, Handbuch auf dem Schoß,....alles klar,....und los!

Diesmal durfte ich alleine schauen..... Joe hing nur mit den Händen vor den Augen auf Marlene... (unserem Sofa.... ich dachte, da wir es so oft nutzten, hätte es auch einen Namen verdient, und weil es rot bezogen war... Lilli Marlene und die Laterne,.... und so..... na ja......) So saß er also da und meinte: „Mach` Du mal, ich kann's mir nicht antun." Ich also auf Aufnahme gedrückt, kurz gewartet, zurückgespult und „Play":

Joe mit Klondyke auf Marlene, ... wunderbares Bild! Sogar mit Ton.

Augenblicklich kam mir Gustav in den Sinn....

Gustav im Grau... schwer vorzustellen..... und wenn? .... der Arme!

Nun denn...Geld weg. Einen Camcorder der unseren Boden bereicherte und zwei über alle Maßen enttäuschten Gesichter. Kraftlos zogen wir uns zur Beratung auf Marlene zurück. Es gab nur einen Schluss! ......Selbsttest!

Luise war zu klein. Also mussten wir sie groß bauen! Wir brauchten ja eigentlich nur eine passende Kabine. Und die ein oder andere Änderung! Es gab nur ein kleines, fast unbedeutendes Problem. Wir waren blank! No Cash at time!

Ich brachte also den Camcorder „fast" originalverpackt wieder zurück. Zweidrittel vom morgens bezahlten wollte der Sack noch geben. „Zerpflücktes Styropor" und so! .... Nun ja...

Ich krallte mir den Tropfen auf den heißen Stein und beschloss meinen Eltern einen nachmittäglichen Besuch abzustatten. Nun ja - auch keine Weihnachtsgänse, aber mit dem, was sie locker machten, konnten wir doch zumindest erstmal was anfangen.

Und, >heute ist nicht alle Tage... ich komm wieder... keine Frage.<

Die Zeit verging langsam...... zu langsam.

Unsere Essgewohnheiten besserten sich wieder. Jedoch der Konsum an Tabak und Kaffee blieb konstant, was ein nicht zu unterschätzender Kostenfaktor war.

Einzelanfertigungen, Lieferzeiten und die Beschaffung des Geldes, zwangen uns immer wieder zu diversen Pausen, manche davon nutzten wir, um Luise zu preisen.

Mittlerweile hatten wir genügend Versuche mit ihr gemacht. Leider waren wir nicht in der Lage, alles zu verstehen. So wussten wir unter anderem nicht, welche Auswirkungen das Helium hatte. Auch die Menge war zunächst ohne Bedeutung.

Die Zeituhr konnte beliebig verstellt werden, ohne auch nur geringste Veränderungen darzulegen. Ich möchte nicht sagen, dass „Langeweile" auf kam, aber das Ergebnis war jedes mal dasselbe: Verschwunden nach 73

Sekunden, 14 Minuten und 7 Sekunden später, unversehrt zurück! Klondyke saß meistens auf Marlene und starrte uns mit interessierter Langeweile zu. Es schien, als hätte er einen Höllenrespekt vor Luise. Er wagte sich kaum näher als zwei Meter an sie ran. So hätte sich also ein Versuch mit Klondyke eh erledigt.

Zum anderen hatte es den Vorteil, dass wir uns um Luise als möglichen Spielgefährten für ihn keine Sorgen machen mussten.

VOLLBRACHT

08.12.93..... Fertig!

Da steht sie nun.   Fortuna?.......Why   not?.
Also.....Fortuna!
Fix und fertig und in voller Pracht.
1.Versuch: Batman als Silversurfer auf einem Stück kalte
Pizza.
Null..... keine Reaktion!

Das heißt, wenn man von dem knisternden Geräusch,
dass Klondyke ins letzte Eck verschwinden ließ absieht.
Und wir? .... machten nur dumme, von Enttäuschung
geprägte Gesichter.
Ich beschloss mich für heute zu verabschieden, setzte
nochmals Kaffee auf und ging. Da ich eh keine Ahnung
hatte, wäre ich nur blöd in der Gegend gesessen, hätte
Klondyke   gemangelt,   Joe   genervt   und   die
Kaffeemaschine in Trab gehalten. Dies wollte ich zu
unserem Wohle vermeiden.
Als ich zu Hause ankam, bemerkte ich erst wie lange ich
schon nicht mehr hier war.
Stapelweise Briefe, Rechnungen, Mahnungen, Werbepost
und alles was man so kennt.
Der Kühlschrank glich einem Feucht-Biotop, da mir der
Strom wohl schon vor Wochen gesperrt wurde.
Dezember..... keine Heizung, kein Strom, kein Telefon,
kein gar nichts.
Wie sich die gesammelten Spinnen, die ich erst beim
Licht einer Kerze wahrnahm wohl fühlten konnten, bleibt
mir ein Rätsel. Nur schade, dass ich keine Miete von
ihnen verlangen konnte.

Ich zog mir also sämtliche Schlafanzüge an und legte mich, mehr oder weniger genüsslich ins Bett.

BATMAN IS BACK

Nun war es also vollbracht! Fortuna stand gebrauchsbereit vor uns. Sie sah aus wie eine Duschkabine mit kupferfarbenem Schopf, der eine Waschmaschine zur Seite stand.
Natürlich lange nicht so schön verpackt.
Tausende von Kabeln, Röhren, blinkenden Lichtern und diversen Schläuchen umgaben sie. Batman is back!
Joe strahlte über beide Backen, was sich noch etwas steigerte, als ich ihm eins von Ma`s belegten Brötchen in die Hand drückte.

Wir setzten die Versuchsreihe mit Fortuna fort. Nach kurzer Zeit stand für uns fest, dass es keinen Unterschied zu Luise, ausgenommen der Größe, gab.
Nun musste nur noch etwas Lebendiges den Versuch bestehen. Ich ging also wieder in die Tierhandlung, wo ich damals Gustav erworben hatte und schaute mich nach einer neuen Ratte um. Die Wahl fiel auf eine schwarze, mit einem weißen Fleck zwischen den Ohren. "Brutus" erschien mir sehr geeignet.

Wieder zurück packte ich Brutus in eine Kiste, gab Wasser und eine Möhre rein und stellte diesen in Fortuna. Sie war ja nun groß genug - und ab ging's.
Zu unserer Freude kam Brutus nach der gewohnten Zeit unversehrt wieder zurück.
Auch Klondyke war sichtlich erfreut und Brutus erwies sich als sehr nützlich, was übrig gebliebene Essensreste anging.
Die folgenden Tage vergingen mit weiteren Routineversuchen, die eigentlich gar nicht nötig gewesen

wären. Keiner von uns traute sich zuerst den „Selbsttest"
zur Rede zu bringen.

Wir saßen also auf Marlene, unseren Pott Kaff in der
Hand und grinsten uns an.
„Wer geht?" fragte ich, wohl wissentlich, dass nur ich in
Frage kommen konnte. Würde auch nur die kleinste,
technische Kleinigkeit schief gehen - ich hätte keinen
Plan um Joe zu retten.
Wir grinsten uns noch mehr an und fielen in lautes
Gelächter. Auch Joe war klar, dass nur ich in Frage kam.
Klondyke schien dem Ganzen nicht viel abzugewinnen.
Er fixierte viel lieber Brutus, der in seinem Käfig auf
einer der oberen Etagen im Regal lag und uns
beobachtete.
Da der Jahreswechsel unmittelbar vor der Tür stand,
beschlossen wir an diesem um 0:00 Uhr unser Werk an
mir zu testen.

PREMIERE

31.12.93 - 23:30 Uhr

Es war soweit. Nur noch wenige Minuten trennten uns von..... Ja - von was eigentlich?
Wir saßen auf Marlene, tranken noch eine letzte Dose Bier auf's alte Jahr und melankolierten uns gegenseitig an. Klondyke schmiegte sich in meinem Schoß und gab dieses Geräusch des Wohlempfindens zum Besten. Hätte ich nicht dieses leicht unangenehme Gefühl in der Magengegend gehabt, so hätte ich wohl Klondyks Empfindung uneingeschränkt geteilt.

23:55 Uhr - >kein Zurück mehr< sagte ich mir ständig gedanklich vor. Bloß keine Schwäche an den Tag legen. Ich erhob mich von Marlene, um meine Bereitschaft kund zu tun und ging auf Fortuna zu. Joe folgte unauffällig.

Fortuna......wie sehr hoffte ich, diesen Namen würdig verliehen zu haben.
Wir umarmten uns, als würden wir uns nie wieder sehen. Ich schaute nochmals zu Klondyke und Brutus und stieg mit nem „macht's gut" in die Kabine.
Joe stellte die Zeituhr und harrte mit dem Finger kurz über der Starttaste, während er mir einen würdigen Blick zu schmiss und drückte dann ab.
Noch 73 Sekunden. Ich konnte kaum einen klaren Gedanken fassen. Zu viele Fragen schossen durch mein Gehirn. Was wäre, wenn ich mich in der Vergangenheit wiederfinden würde? Ich dachte an Dinosaurier und Urzeitwesen, als........was war geschehen? Ich fand mich

an einem Ort, der mir fremd und zugleich bekannt vorkam, wieder.

WALHALLA

Merkwürdige Grünpflanzen umgaben mich, sowie meine Umgebung. Unheimliche Geräusche traten mal von hier, mal von da an mein Ohr. Merkwürdige Tiere huschten, ohne groß Notiz von mir zu nehmen an mir vorbei. Ich konnte die Eindrücke gar nicht so schnell umsetzen, wie ich sie aufnahm. Ich wusste nur, wenn alles nach Plan liefe, müsste ich gleich wieder bei Joe ankommen. Ich griff mir einen Stein, der neben mir lag, steckte ihn in meine Hose und wartete regungslos auf meine vermeintliche Rückkehr, welche nicht mehr lange auf sich warten lassen würde.

Ich fand Joe mit der notorischen Tasse Kaffee auf Marlene sitzend und Klondyke kraulend vor.

Es schien, als habe er die Ruhe weg. Als er mich jedoch sah, sprang er auf, rannte auf mich zu, öffnete Fortuna und umklammerte mich, als hätte er mich eine Ewigkeit nicht gesehen.

„Alter Junge," sprudelte er hervor... „schön dich zu sehen!", was ich nur erwidern konnte.
„Erzähl,....was war? ...Wo warst du? .. Wie war's?", ich grinste ihn an und bewegte mich, während er um mich rumschwänzelte, auf Marlene zu.
„Was macht der Kaffee?" fragte ich mit einem geheimnisvollen Schmunzeln im Gesicht. „Hier... alles was du willst, aber spann' mich nicht länger auf die Folter. Bitte!"
Ich krallte mir Klondyke und begann zu erzählen. Joe saß da, als hätte er einen Stein verschluckt. Der Stein,.... ich

hatte ja einen Stein eingesteckt. Ich hätte ihn fast vergessen, so aufgeregt und euphorisch war ich bei meinen Schilderungen. Ich griff also in die Tasche und streckte ihn Joe direkt unter die Nase. Wären seine Augen nicht fest verankert gewesen, so hätten sie sich mit einem großen `Plopp` aus ihren Gemächern verabschiedet.

Nun - jetzt hatten wir wieder jede Menge neuer Fragen, die uns beschäftigten und darauf warteten, geklärt zu werden.

Da es schon wieder früher Morgen war, beschlossen wir, uns zur Ruhe zu begeben und am nächsten Tag, frisch gestärkt das neue Jahr, sowie die neuen Versuche zu beginnen.

EIN NEUER TAG

Es war fast zehn Uhr, als Joe mich weckte. An seinen Augen sah ich, dass er auch just wach geworden war.

Er wollte direkt loslegen, aber ich machte ihm Geschmack auf ein feistes Frühstück irgendwo in der Stadt. Er zögerte etwas, aber als ich sagte, ich bzw. meine Ma würde uns finanzieren, war er doch sehr angetan.

Wir legten das Nötige an und zogen los. Es war schon ein komisches Gefühl. Das erste mal seit langem, dass das Labor, abgesehen von Klondyke und Brutus, leer stand.

Wir suchten uns ein nettes Café und bestellten das Gourmet-Frühstück mit allem drum und dran und etwas hiervon und vielleicht noch etwas davon.

Wie bist du in die „Vergangenheit" gekommen?" löcherte Joe...

Ich wusste keine Antwort. Ich wusste nur, dass es diese sein musste. Ich erinnerte mich, dass ich während der 73-sekündigen Phase daran dachte. Aber wie sollten sich meine Gedanken auf die Reise auswirken? Wenn überhaupt?

Je mehr wir uns über mein Erlebtes ausließen, desto unruhiger zappelten wir auf unseren Stühlen umher. Ich bezahlte, steckte die Reste an Lachs, Wurst, Früchten und Brötchen für Klondyke und Brutus ein und ging mit Joe zurück ins Labor.

Joe war unhaltbar. Er wollte unbedingt als Nächster eine Reise begehen.

Wir einigten uns, dass auch er an Dinos, Urzeit und solches Zeug denken sollte, während er in Fortuna saß.

28

Gesagt, getan... Ich drückte den Knopf und Joe verschwand nach 73 Sekunden mit einem verschmitzten Grinsen auf seinem Gesicht.

Ich kochte eine neue Kanne Kaffee und machte es mir mit Klondyke auf Marlene bequem.
Klondyke war sichtlich erfreut über die Häppchen Lachs, die ich ihm nach und nach reichte. Auch Brutus war mit meiner Auswahl an Früchten höchst zufrieden.
So erwarteten wir in gemütlicher Atmosphäre die Rückkehr von Joe.
Ich könnte nicht sagen mit einem Peng war er wieder da, denn es gab kein Peng.
Alles,....das Verschwinden, wie die Rückkehr, geschah absolut lautlos.
Fast schon erschreckend lautlos. Das einzige Geräusch kam von der Zeituhr, die nach betätigen des Startknopfes, leise vor sich hin summte.

Nun ja, er war also wieder da. Ich war schon etwas erleichtert, obwohl ich nichts anderes erwartet hatte. Ich drückte ihm eine Tasse Kaffee in die Hand, schob ihm eine Zigarette in den Hals, und fragte wie´s war.
„Och - ja," entgegnete er mit einer fast gleichgültigen Miene, die aber ein „Bedürfnis des Mitteilens" nur schwer verbergen konnte. Ich ließ ihm noch etwas Zeit, sein kleines Spiel auszukosten - wissentlich, dass er sich eh nicht mehr lange zurückhalten konnte.
Plötzlich sprudelte es aus ihm heraus, wie das Wasser über den Kaffee unserer Maschine.
„Galaktisch mein Junge. Ich war genau da, wo du auch warst. Die gleichen Pflanzen, du weißt schon, die mit dem roten Bommel in der Mitte. Und die anderen, die aussahen wie Klondyke wenn er zusammengerollt auf

29

Marlene liegt. Ich konnte sogar noch Deine Zeichen im Boden erkennen."

„Welche Zeichen? Ich habe nichts dergleichen gemacht!"

„ Neee? Sah aber so aus!"

„Na ja", sagte ich, „wenigstens wissen wir jetzt, dass unsere Gedanken in Zusammenhang mit dem Ziel stehen."

„Ich muss dich leider enttäuschen," entgegnete Joe.

„Wieso?", fragte ich, „du warst doch genau da, wo ich auch war und das fast zur selben Zeit!" „Ja, das stimmt schon, nur musste ich bei meinem Verschwinden an Vanillepudding denken.

Frag bitte nicht wieso, ich weiss es selbst nicht. Auf einmal war er in meinem Kopf. Eine Riesenschüssel mit Sahnehäubchen und Erdbeeren drauf."

„Nun ja," sagte ich. „Was erwartest du? Dass du dich in einer Riesenschüssel Vanillepudding wieder findest? Das wäre dann ja doch etwas merkwürdig, findest du nicht?"

Obwohl - mit dem Gedanken könnte ich mich auch anfreunden. Ich wollte schon immer mal in einem Meer von Erdbeeren baden."

„Oder Mäusemilch!" erwiderte Joe. Wir mussten lachen.

„Aber jetzt mal ernsthaft, vielleicht konnte Fortuna nichts mit Vanillepudding anfangen und hat dich einfach an den vorherigen Ort gedingst?" Joe lachte... „gedingst", was soll das denn sein?"

„Nun ja, ich weiß auch nicht wie ich es nennen soll, fällt dir denn etwas besseres ein?"

„Eigentlich nicht, aber gedingst ist schon okay." Wir lachten beide und so „dingsten" wir also künftig durch die „Zeit".

Ich schlug vor, den Versuch nochmals zu wiederholen, um herauszufinden, ob das „dingsen" etwas mit unseren Gedanken zu tun habe. Joe wollte eine Münze schmeißen, aber das war mir zu unsicher. Möglicherweise denkt er ja an weiss-der-Geier-was.

Ich überzeugte ihn also, dass es das Beste wäre, wenn ich gehen würde. Nach kurzem Murren und der Versicherung, dass er als Nächster wieder dingsen dürfe, stellte ich mich in Fortuna. Ich bemühte mich an das Mittelalter zu denken.

Ritter, Rüstungen, Burgen und nicht zu vergessen, kleine zierliche Burgfräuleins.

Joe drückte ab und kurz darauf fand ich mich genau da, wo wir Beide schon einmal waren, wieder vor.

Ich möchte nicht sagen, dass es langweilig war, aber ein bisschen enttäuscht war ich schon.

Ich wäre auch gerne ein wenig umher gelaufen. Aber beim Gedanke an Gustav verging mir dann doch die Lust. Wo Gustav wohl war? „Gustav", entfuhr es mir.

Natürlich ohne Erfolg. Gustav hatte ja seinen Namen nur 2 - 3 mal gehört und um eine etwas tiefere Beziehung zu ihm aufzubauen, hatten wir ja keine Gelegenheit.

Außerdem war es auch schon über zwei Jahre her und wahrscheinlich war er, wurde er nicht Opfer irgendeines hungrigen Tieres, schon eines natürlichen Todes gestorben.

„Rest in Peace" dachte ich, als ich mich plötzlich wieder bei Joe im Labor fand.

„Und - wo warst du?", fragte Joe. Ich erzählte ihm, woran ich dachte, und dass ich trotzdem wieder an unserem altbekannten Ort auftauchte. Auch die Sache mit Gustav erzählte ich ihm, worauf er nur lachend den Kopf schüttelte und meinte, ich sei verrückt.

Es fiel mir schwer zu widersprechen. Leider waren wir nun auch nicht schlauer als vorher und mittlerweile war es auch schon wieder finstere Nacht. Wir nahmen Fortuna vom Netz, zogen uns auf Marlene zurück und philosophierten über unglaubliche Möglichkeiten, bis uns der Schlaf übermannte.

Es war zwar immer noch nicht die luxuriöseste Art zu schlafen, aber unter Zuhilfenahme des Tisches wurde es fast bequem. Außerdem waren wir meist so müde, dass es eh keinen großen Unterschied machte, wo wir schliefen.

Ich schreckte gegen neun Uhr auf. Ich verbrachte diese Nacht an dem Ort, den wir zunächst „Walhalla" nannten.

Ich kämpfte mit unglaublichen Monstern, die teils menschlich aber größtenteils etwas von einem Insekt hatten. Sie hatten Fühler und Augen, die in einem grünen Licht funkelten.

Sie entdeckten mich, wie ich auf meine Rückkehr wartend inmitten des Grünzeugs saß.

Sie surrten untereinander und beschlossen wohl, mich als außergewöhnlichen Fund mit in ihr „ Dorf" zu nehmen.

Ich klammerte mich an sämtliche Sträucher die in meiner Umgebung waren, hoffend, dass ich jeden Moment Joe in die Augen sehen konnte. Ich hatte keine Chance. Ihre Kraft war der meinen weit überlegen. Sie schienen sich über meine Befreiungsversuche zu belustigen. Ich fühlte mich wie eine Maus, die kurz vor ihrem Ende als Spielzeug einer Katze diente.

An einem Faden hängend, der je nach Belieben etwas länger oder kürzer gehalten wurde.

Ich windete mich in solcher Angst, wie ich sie nie zuvor erlebt hatte. Die Zeit der Rückkehr war längst abgelaufen und die Angst die ich hatte, steigerte sich in exzessive Panik. Die Pflanze, die ich als zusammen gekuschelten Klondyke beschrieb, öffnete sich und versuchte, sich über mich zu stülpen. Ich wachte auf. Die Freude, die ich empfand als ich das Labor in gewohnter Unordnung vor mir sah war begrenzt - zu sehr hatte mich der Traum in

Beschlag genommen. Ich wechselte meine schweißnassen Klamotten und weckte Joe. Ich berichtete ihm mit einem Unbehagen meinen erlebten Traum. Joe witzelte leicht in der Absicht, meine Spannung zu mindern. Mit mäßigem Erfolg. Auf einmal hatte ich eine andere Einstellung zu dem Projekt. Ich hatte Respekt!

Mir wurde das Ausmaß an „Gefahr" zum ersten mal richtig bewusst.

Was wussten wir schon? Nichts! Weder wo genau wir waren, noch wann oder wieso.

Joe meinte, ich solle mir nicht so viele Gedanken machen. Was auch sicher besser gewesen wäre. Leider konnte ich dieses nicht oder nur begrenzt umsetzen.

Wie dem auch sei, Fortuna stand da und wartete in Betrieb genommen zu werden.

Joe gab sich alle Mühe auf mich einzugehen und nach einiger Zeit war ich dann auch wieder „relativ" einsatzbereit. Wir wollten an diesem Tag die Auswirkung einer veränderten Heliumkonzentration testen.

Heliumkonzentration: 0,3 % Zeituhr wie gehabt, zwei Minuten. Keine sichtbaren Auswirkungen.

Heliumkonzentration auf 0,6 % und wieder keinerlei sichtbare Auswirkungen.

Wir steigerten die Konzentration auf 2,0%, ohne sichtliche Veränderungen. Die Heliumkonzentration unserer vorangegangenen Versuche betrug 0,1 %

Joe meinte, er würde gerne einen Selbstversuch starten. Es machte sich ein Unbehagen in mir breit, aber Joe sagte nur, er sei ja eh an der Reihe und ich solle mir keine Gedanken machen.

Nur teilweise beruhigt, stellte ich Fortuna auf 0,3 % und drückte ab.

33

Joe verschwand und ich nutzte die Zeit, um Klondyke und Brutus zu füttern.

Da wir kein Telefon im Labor hatten, ging ich schnell über die Straße zur Zelle, um mich mal wieder bei Ma zu melden. Nachdem ich ihr versichert hatte, dass es mir gut ging, bat ich sie, Luzy (meine Schwester) zu beauftragen, mir frische Klamotten sowie etwas Bargeld vorbei zu bringen. Ich spurtete noch schnell zum nächsten Lebensmittelladen, um kleinere Besorgungen zu machen. Ich wollte auf keinen Fall die Rückkehr Joe's verpassen, zu der ich auch gerade noch rechtzeitig ankam. Er schien sehr froh und sagte, er kenne die Auswirkung des Heliums. Wir setzten uns auf Marlene und verspeisten Teile meines Besorgten.

„Ich ging spazieren...", fing er an. Da wir ja wussten, dass wir gute zehn Minuten auf „Wallhala" hatten, nutzte er diese Zeit, um die Landschaft näher zu betrachten. Er schilderte mir die Schönheit der näheren Umgebung. Nach und nach verlor ich etwas von der Angst, die sich immer noch in mir befand. Nach ca. 10 Minuten ging er also wieder zurück zu dem Punkt, an dem wir immer ankamen und wartete. Die Zeit verging und eigentlich hätte er längst zurückkommen müssen. Er musste an meinen Traum denken und bemerkte wohl ein ungutes Gefühl in sich aufsteigen. Hätte er sich besser nicht bewegt?

Er saß also da und machte sich seine Gedanken. Joe reagierte um einiges rationaler als ich es wohl nach meinem Traum getan hätte und wartete einfach ab.

Er hatte keine Uhr mit, meinte aber, dass er wohl ca. 45 Minuten weg war. Ich versicherte ihm, dass die Zeit seiner Abwesenheit dieselbe war, wie jedes mal zuvor, nämlich 15 Minuten und 20 Sekunden.

34

Das war also das Geheimnis des Heliums. Es verlängerte die Zeit in Walhalla, während hier nur 15 Minuten und 20 Sekunden vergingen. Warum aber zeigte die Stoppuhr bei einer höheren Heliumkonzentration keinerlei Zeitdifferenz. Gesagt getan; Heliumkonzentration 0,3 %. Wir errechneten, das heißt Joe errechnete eine Zeit von ca. 42 Minuten in Walhalla für Brutus.

Da wir nur eine Stoppuhr hatten, warteten wir, bis auf meiner Uhr die Minute voll war und drückten ab. 73 Sekunden und Brutus mit Anhang verschwand.

Wir setzten uns auf Marlene, als es plötzlich an der Tür klopfte.

„Meine Schwester", fiel mir spontan wieder ein. Während ich zur Tür ging, erzählte ich Joe von meinem Anruf zu Hause.

Ich öffnete die Tür und sah meine Mutter da stehen.

„Möchtest du mich hier draußen stehen lassen?", ich war leicht überrascht. Mit ihr hatte ich gar nicht gerechnet.

„Nein, nein, komm ruhig rein."

„Sie müssen Joe sein," ging sie auf ihn zu. „Ich habe schon viel von Ihnen gehört."

Sie stellte ihren Korb und die Tasche auf den Tisch und schaute sich im Labor um.

„Das ist also euer großes Geheimnis!" „Was ist es denn, das euch Tag und Nacht beschäftigt und so wichtig ist, dass ich meinen lieben Sohn nur noch alle paar Wochen kurz sehe, oder einen hektischen Anruf von ihm bekomme?"

„Das ist, wie du schon sagtest geheim, Ma!" Sichtlich unbefriedigt meinte sie: „Ich bin doch deine Mutter, mir kannst du es doch sagen!" Sie schaute auf Joe, wohl in der Hoffnung etwas Beistand zu bekommen. Joe meinte, wir seien noch in der Entwicklung und es sei zu früh etwas darüber zu berichten. Immer noch unbefriedigt aber merkend, dass sie nichts aus uns herausbrachte, widmete sie sich Klondyke. Was für eine liebe Katze! Joe und ich grinsten uns an und ich fragte, was sie denn in ihrem Korb Schönes hätte.

Ich hab euch einen Kuchen gebacken erwiderte sie und etwas Obst ist auch mit dabei. Ein paar Vitamine schaden euch bestimmt nicht.

„Warum habt ihr denn die Rolläden unten? Ihr braucht doch etwas Sonnenlicht. Und etwas frische Luft dürfte eurem Kabuff auch nicht schaden." Sie ging geradewegs zum Fenster und öffnete es.

Als sie sich den Zug vom Rolladen griff, stürzte ich auf sie zu und sagte: „Lass nur, draußen gibt es eh nichts zu sehen." „Ihr mit eurer Geheimnistuerei. Na gut - wie ihr wollt."

Sie setzte sich auf Marlene und packte den Korb aus. Joe stellte sich neben mich und flüsterte:„Brutus kommt gleich zurück!" in mein Ohr. Oh Gott!.... Brutus!.... Den hatte ich in der Aufregung glatt vergessen.

Joe schlenderte dezent, unauffällig zu Fortuna und ich lenkte die Aufmerksamkeit meiner Ma auf Klondyke. Was für ein leckerer Kuchen. Und das ganze Obst... möchtest du unsere Toilette sehen? Wir haben sogar eine Dusche. „Was bist du denn so hibbelig?", fragte sie, als ich sie zu unserer Toilette zog.

„Ich? ..... bin doch nicht hibbelig! .... Ich freue mich eben, dass du mal vorbei schaust."

Ich blickte zu Joe, der mir mit einem kurzen Kopfnicken die Rückkehr Brutus mitteilte.

Ich schaute auf die Uhr. 15 Minuten und 20 Sekunden.

Ein Glück, dass Fortuna so lautlos agierte. „Das ist aber ein schönes kleines Bad. Wenn man mal von der

Unordnung die euer ganzes Labor durchzieht absieht. Soll ich euch nicht mal etwas aufräumen. Staub wischen und Boden feudeln? Wäre auch mal nötig."

„Nö, nö, lass mal stecken. Apropos... hast du meine Wohnung auf Vordermann gebracht?". „Mein Gott Junge.. da sah's ja aus. Ich brauchte mit Luzy einen ganzen Tag für das Chaos. Ach ja,... Luzy hat sich bei dir einquartiert."

„Wie in meiner Wohnung? Wieso das denn?". „Sei doch froh,... sie bezahlt sogar die

Miete." „Ach ja?....na denn. Wie lange wohnt sie denn schon da?"

„Seit die Wohnung wieder bewohnbar ist."

„Sie fragte mich, ob sie dableiben könne, bis du wieder zurückkommst. Nun ja, das war vor fünf Wochen!" „Fünf Wochen?"....... Oh, ohh, ... die Zeit flog! Hast du mir frische Klamotten mitgebracht?" „Aber ja... Auch frische Handtücher, Zahnpasta, Seife und alles was mir so einfiel... Ich kenne ja meine Pappenheimer." „Jetzt lasst uns aber Kaffee trinken." „Gute Idee,...... hatten wir schon lange nicht mehr." „Joe kommst du?"

Joe kam mit Brutus auf dem Arm auf uns zu. Meine Mutter bekam fast eine Herzattacke als sie ihn sah. „Mein Gott - was ist das denn?". „Darf ich vorstellen... Brutus,... meine Mutter. Ma,....Brutus.

Nur leicht beruhigt, bat sie Joe, Brutus doch in seinen Käfig zu setzen. Ich bröckelte ein Stückchen Kuchen ab und setzte beides in den Käfig. Nun stand unserem kleinen Kaffeekränzchen nichts mehr im Weg. Natürlich platzte ich fast vor Neugier unser Experiment betreffend, hielt mich aber schwer zurück, es mir anmerken zu lassen. Wir betrieben leichte Konversation und nach fast zwei Stunden, verabschiedete sich meine Mutter dann auch. Sie sammelte meine schmutzige Wäsche und die von Joe ein, mit der Versicherung, sie gewaschen, gebügelt und gestärkt, die nächsten Tage zurückzubringen.

Ich bekam noch zweihundert Mark in die Hand gedrückt und dann war sie auch wieder weg. Wir mussten erst mal tief durch atmen, bevor ich Joe die Frage der Fragen stellen konnte.

Natürlich bauten wir Fortuna nicht mit einem Sonnenlichtkollektor. Wir beschlossen, das Sonnenlicht und mögliche neugierige Nachbarn außen vor zu lassen und statteten sie mit einem Niederfrequenzaggregat sowie einer batteriebetriebenen Notstromzufuhr aus.

Nun... Brutus und die Stoppuhr wurden zu einem festen Bestand unserer nächsten Versuche.

Wir steigerten die Heliumkonzentration stetig bis 1,3 %. Zwischen 1,2 % und 1,3 % machte unsere berechnete Zeit einen Sprung. War Brutus bei 1,2 % noch 3 Stunden und 22 Sekunden weg, kam er bei 1,3 % laut Stoppuhr erst nach 23 Stunden und 12 Minuten zurück. Wir verzichteten darauf, die Versuche in kleinen Schritten zu steigern und stellten die Heliumkonzentration auf 2%.

Wir stellten Brutus mit Käfig, Stoppuhr, reichlich Wasser und Nahrung in Fortuna und drückten ab. Als Brutus nach 15 Minuten und 20 Sekunden wieder auftauchte, konnten wir nicht glauben, was uns die Stoppuhr anzeigte. 158 Stunden und 12 Minuten!

Das waren über 6 Tage.

Ich hatte bestimmt genau so einen blöden Gesichtsausdruck wie Joe.

Brutus ging es, soweit wir das beurteilen konnten, recht gut und er schien sich sehr zu freuen uns wieder zu sehen, was auf Gegenseitigkeit beruhte. Brutus hatte die Angewohnheit fast wie Klondyke zu schnurren, wenn wir ihn sanft hinterm Ohr kraulten. Diesmal schnurrte er gleich drauf los, als ich ihn aus dem Käfig nahm. Es war auch nicht unbedingt ein Schnurren, wohl eher ein rhythmisches Nocken. Wie dem auch sei, er brachte seine Freude zu vollem Ausdruck. Ich verwöhnte ihn mit einem Stück Banane, etwas Käse und einem Päckchen Streicheleinheiten, so dass selbst Klondyke eifersüchtig wurde.

Joe war derweil damit beschäftigt die neuesten Erkenntnisse fein säuberlich in seinem Notizbuch festzuhalten. Als er fertig war, setzte er sich zu mir auf Marlene und wir überlegten unsere nächsten Schritte.

"Was hältst du davon, wenn wir gemeinsam nach Walhalla dingsen?" fragte Joe.

Ich schaute ihn verblüfft an. „Meinst du nicht, dass es dafür noch etwas zu früh ist, was wissen wir schon? Es könnte Tausende von möglichen Abweichungen geben. Vielleicht vergeht die Zeit bei zwei Personen anders, oder wir materialisieren uns als ein Fleischklops mit vier Augen, zwei Mündern und vier Ohren?"

„Mag sein, aber das glaube ich nicht." entgegnete Joe.

"Dein Glaube und Dein Vertrauen in Gottes Ohr, aber das ist mir doch etwas zu unsicher. Lass uns lieber noch ein Versuchsobjekt zusammen mit Brutus nach Walhalla dingsen um zu sehen, was passiert."

Überzeugt von seiner Meinung, dass sich nichts ändern würde, gab er aber meinem Verlangen nach.

Ich ging also am nächsten Tag wieder in die Zoohandlung und schaute mich nach einem Gefährten für Brutus um. Der Verkäufer schaute mich recht merkwürdig an, meinte ich hätte einen starken Verschleiß an Ratten und fragte, was ich denn damit anfangen würde. Mir fiel nichts besseres ein, also sagte ich, ich würde sie als Delikatesse zum Geburtstag meiner Freunde anrichten. Der Verkäufer schaute mich entsetzt an und meinte nur: „Na dann, guten Appetit!"

Ich verließ die Zoohandlung mit einem Schauer bei dem Gedanken daran und wunderte mich, über meinen doch sehr merkwürdigen Einfall. Wie dem auch sei, ich hatte eine neue Ratte. Ich versicherte ihr, dass ich meine Absicht nicht ernst meinte und taufte Sie auf den Namen Lucky.

Ich besorgte noch ein paar Grundnahrungsmittel für Joe und mich und ging wieder zurück ins Labor.

Vor der Tür stand eine große Tasche auf der ein Zettel meiner Schwester lag.

Darauf stand:

Hallo Bruderherz!
Bringe euch die Wäsche und einige Nahrungsmittel, die Ma zusammengepackt hat.
Fühle mich sehr wohl in Deiner Wohnung. Hoffe es ist o.k. für Dich. Habe Deine Post beigelegt.
Rechnungen habe ich in Deinem Interesse an Ma weitergeleitet. Ansonsten gibt es nicht viel Neues.
Pa meinte, ob du noch leben würdest, oder ob er das Geld, dass er verdient einem imaginären Individuum zukommen lasse. Ich glaube, Du solltest Dich mal wieder blicken lassen.
Also....macht's gut, ich werde die Tage mal wieder vorbeikommen.
Ach ja - habe noch etwas Geld von Ma unter die Seife gelegt.

Viele Grüße Luzy!

Joe war also nicht da. Ich musste nicht lange überlegen, wo er seine Zeit verbrachte.

40

Ich schloss auf, ging hinein und stellte die Taschen ab.

„Lucky, das ist Brutus. Brutus - Lucky", die beiden freundeten sich recht schnell an.

Ich ging zu Fortuna und schaute, welche Heliumkonzentration eingestellt war. 1,2 % - also 3 Stunden und 22 Minuten Walhalla für Joe.

Wenige Sekunden später tauchte er auch wieder auf.

„Grüß dich alter Junge," schallte er mir entgegen. „Wieder zurück? Was ist das denn für eine Tasche?". Ich sagte, meine Schwester war hier, aber da niemand öffnete, muss sie wohl wieder gegangen sein. So betrachtet war es ganz gut, dass keiner hier war.

„Was hast du gemacht? Das ist übrigens Lucky."

„Hab´ mich mal nach Nahrung umgesehen", grinste er zurück. „Nur für den Fall, dass wir einige Zeit auf Walhalla verbringen", merkte er an. Ich fragte ihn, wie er den Startknopf bedient habe. Er lachte nur und meinte: „Wie schon? Alles eingestellt, abgedrückt und in Fortuna gehüpft." Nun, wie man sah, ging alles normal von statten. Wir stellten den Käfig mit Brutus und Lucky in Fortuna, Helium auf 0,1 % und ab ging`s.

Es gab etliche Kleintiere, die zum Verzehr geeignet waren. Auch Bäume mit Früchten, die essbar schienen gab es zuhauf. Ich fragte, was er mit >>essbar schienen<< meinte.

Nun ja, es waren keine bekannten Obstbäume vorhanden, also versuchte er etwas, welches wie eine Mischung aus einer Pflaume und einer Birne aussah.

„Wie kannst du nur etwas Unbekanntes einfach so essen? Bist du lebensmüde? Kannst du nicht einfach etwas mitbringen, das ich erst untersuchen kann?"

„Wieso? Schmeckte doch ganz gut und wie du sehen kannst, lebe ich ja noch."

„Ja noch..... wer weiß, was für Auswirkungen das Zeug hat. Vielleicht wachsen dir Morgen schon Möhren aus den Ohren". „Ach was, ... komm lass uns gehen!" „Moment, Moment..... Brutus und Lucky sind noch nicht einmal zurück und du willst schon wieder los?" „Natürlich erst nachdem sie zurück sind, Blödmann!" „Ist ja sehr beruhigend. Und wie lange hast du dir so gedacht?"

„Volles Programm Alter..... 6 Tage!" „Wie bitte, du spinnst wohl ein bisschen? Hast du dir mal überlegt, was in sechs Tagen alles passieren kann? Und wenn, glaubst du nicht, wir sollten uns etwas vorbereiten?" „Hast ja recht. Also überlege dir mal, was wir so mitnehmen sollten." Ich besorgte mir einen Stift und einen Zettel, als Brutus und Lucky wohlauf zurück kamen. „Siehst du, Alter, alles in Butter. Den beiden geht es prächtig."

Nun, da dem augenscheinlich so war, hatte ich nichts mehr hinzuzufügen.

Ich stellte die Beiden zurück auf den Schrank und machte mich ans Werk. Decken, Streichhölzer, einige Dosen Bier, Messer, Zigaretten, Stoppuhr... mehr fiel mir zur Zeit nicht ein. Was will man auch groß mitnehmen, wenn man nicht weiß, was man so brauchen wird? Und außerdem war das Platzangebot in Fortuna mit zwei Leuten auch schon fast ausgenutzt.

„Deine Mutter ist ein wahrer Schatz." tönte mir Joe entgegen. Während er die Tasche ausräumte. „Alles da, was man so braucht. Von der Zahnpasta bis zur Dose Ravioli."

„Tja, wer hat - der hat." erwiderte ich.

Ups - das war nicht so gut. Fettnäpfchen-Alarm! Joe's Eltern kamen bei einem Autounfall vor elf Jahren ums Leben. Joe war damals gerade 24. Ich entschuldigte

mich, für meine unbedachte Aussage. „Ist schon gut Alter..... Ich hab ja Dich!"
Ich fühlte mich gleich wieder etwas besser.
Joe wohnte seit dem alleine in seinem Elternhaus, welches er vor zweieinhalb Jahren an ein junges Ehepaar mit Kind vermietete. Seither wohnte er im Labor.
Ich wärmte die Raviolis auf, die wir auf Marlene, während wir unsere Reise besprachen, verzehrten. Allzu viel gab es nicht zu besprechen, aber Hunger war da. Als er gestillt war, schmiss ich die Bierdosen und den andern Kram von meinem Zettel in die Tasche meiner Mutter, nahm ein paar Konserven raus und legte sie in Fortuna. Joe brachte Klondyke mit einer Dose Futter zur Sicherheit in die Toilette. Ich regelte die Heliumkonzentration auf 2,0 %. Joe schnappte sich zwei Decken und ging zu Fortuna. „Jetzt gibt es kein Zurück mehr Alter. Los drück´ ab und komm rein." Ich schaute mich nochmals um, ob auch alles in Ordnung war. „Mach schon,..... wenn alles glatt geht, sind wir in spätestens 15 Minuten wieder zurück." Es war schon merkwürdig. Wir würden sechs Tage weg sein, aber nach 15 Minuten doch wieder hier. ....Wenn alles gut ginge! Was soll's..... ich drückte ab und sprang zu Joe in Fortuna. Klick, Joe drückte die Stoppuhr.
73 Sekunden später waren wir auf Walhalla.

Die Sonne schien. Es war sehr warm. Wir setzten uns hin, knackten eine Dose Bier und genossen die schöne Aussicht. Um uns herum lebte die Landschaft in üppiger Vegetation. Auf der linken Seite, etwa 100 Meter entfernt, ragten einige Felsen, teils mit Moos behaftet empor. Nicht hoch - vielleicht 20 Meter. Sie sahen aus, als hätte man sie im Würfelbecher geschüttelt und ausgekippt.

43

Geradeaus ging ein Abhang hinunter, der mit Bäumen und anderem Grünzeug bewachsen war. Hier und da sah man mal ein Tier vorbeiziehen, dessen Gattung uns unbekannt war. Man könnte nicht sagen, sie wären scheu gewesen - im Gegenteil. Eher hatte man den Eindruck, sie würden sich nicht groß um uns kümmern. Fast hätte man erwarten können jeden Moment von einem interessiert beschnuppert zu werden. Joe meinte, wir könnten reich werden mit dem Verkauf von Abenteuerreisen nach Walhalla. Ich lächelte zurück und meinte: „Ja,... das wäre schon was."

Es war uns beiden klar, dass das nie geschehen würde. Joe stand auf, und sagte: „Komm, ich zeige dir den Ort, wo die Bäume mit den merkwürdigen Früchten stehen."

Ich erhob mich und folgte ihm.

Wir gingen einige Meter den Abhang hinunter und bogen auf einen vorbeilaufenden Weg rechts ab. Nach ca. 10 Minuten Marsch sah ich die Bäume, die Joe mir beschrieben hatte. „Da vorne sind sie." „Ich bin ja nicht blind", erwiderte ich in einer euphorischen Spannung. „Hier, versuch' eine. Die sind wirklich lecker." Ich konnte gar nicht so schnell antworten, wie ich eine vor der Nase hatte. Joe machte sich genüsslich an den Verzehr einer der Früchte. Ich war noch etwas skeptisch, aber schließlich lebte Joe ja noch. Und warum eigentlich nicht. Wer nicht wagt, der nicht gewinnt.

Ich schaute mir das Obst nochmals genau an und biss hinein. Es schmeckte tatsächlich hervorragend. Ich könnte es mit nichts weltlichem vergleichen. Müsste ich jedoch den Geschmack beschreiben, so ist er leicht süßlich mit einem säuerlich frischem Nachgeschmack. Ich pflückte noch ein paar, steckte sie in meine Tasche und ging mit Joe weiter den Weg entlang. Ich schaute immer mal wieder auf meine Uhr, um mich der vergangenen Zeit zu vergewissern. Die Stoppuhr ließen wir an unserem Platz zurück. Wir deckten sie mit Steinen und Blättern so ab, dass ihr nichts passieren konnte. Mittlerweile waren wir schon fast drei Stunden in Walhalla und hätte ich meine Uhr nicht dabei gehabt, so hätten wir keinerlei Eindruck von vergangener Zeit gehabt.

Die Sonne stand immer noch da, wo sie immer stand. Nun erst fiel uns auf, dass wir immer bei Tag in Walhalla waren, auch wenn wir nachts dingsten. Selbst die Sonne stand immer am gleichen Fleck.

Wo waren wir? Die Erde konnte es ja nicht sein. Es sei denn, sie würde still stehen. Aber wo waren wir dann? Irgendwo waren wir schließlich. Nun ja, wir konnten uns diese Frage nicht beantworten, also beließen wir es dabei und gingen weiter den Weg entlang. Die Luft roch klar und frisch, wie ich sie noch nie gerochen habe. Ich fühlte mich, als könne ich den ganzen Wald auf einmal einatmen. Wir hatten wohl etliche Kilometer hinter uns gebracht, als wir das Ende des Waldes ca. 100 Meter entfernt sichteten. Wir starteten spontan einen Wettlauf. Joe war erster. Als ich ankam drehte er sich zu mir um und zog mich auf den Boden. „Schddd .....schau da", flüsterte er.

Ich konnte meinen Augen kaum trauen. Links unter uns lag ein Dorf. Wir krochen in den Wald zurück, um uns vor weiteren möglichen Überraschungen in Sicherheit zu bringen. So lagen wir also da, erstaunt über unseren Fund. Obwohl wir eigentlich damit rechnen konnten, so etwas wie ein Dorf oder Bewohner Walhalla`s zu finden, waren wir doch zutiefst überrascht. Es konnte ja auch nicht sein, dass der Weg den wir gingen einfach so da lag, als wäre er nur für uns gemacht.

Wir hatten eine gute Sicht und konnten mehrere kleinere Hütten, ein etwas größeres Gebäude aus Stein sowie eine Art Marktplatz erkennen. Auch sahen wir etliche Bewohner, die in regem Treiben, mit Tieren und Obst handelten. Ihre Kleidung setzte sich aus Fellen und Leder in Kombination mit gewebtem Stoff zusammen. Sie waren menschlich. Dessen waren wir uns sicher. Aber was sollten wir tun? Einfach ins Dorf gehen konnten wir nicht. Dazu war unsere Kleidung zu auffällig. Jeans und T-Shirt! Die hätten uns bestimmt gesteinigt. Außerdem konnten wir uns nicht vorstellen, dass sie unsere Sprache sprechen würden.

Zuerst wollten wir abwarten bis es dunkel war um ins Dorf zu schleichen und Kleidung zu klauen. Aber es wurde ja nicht dunkel. Mittlerweile waren wir acht Stunden in Walhalla und nichts hat sich getan. Die Sonne stand immer noch genau da, wo sie schon die ganze Zeit stand. Ich wurde langsam müde und beschloss ein wenig zu schlafen. Joe wollte Wache halten. Ich erwachte von lauten Geräuschen, die ein vorbeifahrender Wagen verursachte. Dieser wurde von zwei pferdeähnlichen Tieren gezogen, die ein silbergraues zotteliges Fell hatten. Sie waren fast zwei Meter hoch. Auf dem Wagen saßen ein Mann und eine Frau. Der Mann hatte weißes Haar und einen Bart, der ihm fast bis zum Bauch ging. Sein Gesicht war kantig und grob. Jedoch konnte ich ein freundliches Wesen erkennen. Er hatte eine braune, grünlich schimmernde, lederne Hose, festes Schuhwerk und ein dunkles Hemd an. Die Frau trug ein dunkelblaues Kleid und keine Schuhe. Der Wagen war mit leeren Körben beladen. Vermutlich hatten Sie Obst und andere

46

Güter ihrer Wirtschaft zu Markte getragen. Hinten auf dem Wagen saß ein Mädchen von ca. 15 Jahren, dass ein fröhliches Lied in einer mir unverständlichen Sprache sang. Auch sie hatte nur ein einfaches Kleid an. Als einige Entfernung zwischen uns lag, weckte ich Joe. „Oh.... ich bin wohl auch eingeschlafen." „Muss wohl so sein" sagte ich und berichtete ihm von dem Gesehenen.

„Warum hast du mich nicht geweckt?!" murrte er. Ich sagte, dass ich nicht riskieren wollte entdeckt zu werden, was er auch einsah. Ich schaute auf meine Uhr und bemerkte, dass ich fast zwölf Stunden geschlafen hatte. Ich frühstückte eine der Früchte, gab Joe die Letzte und zog ihn zurück auf den Weg. „Wir müssen dem Wagen nach, los komm, vielleicht bekommen wir eine Möglichkeit mit dem Bauer und seiner Familie in Kontakt zu kommen." „Bist du dir sicher, dass du das willst?" fragte mich Joe.

„Natürlich, oder willst du dich die restliche Zeit verstecken? Das ist unsere Chance etwas über das Land und die Leute zu erfahren." „Also gut," gähnte er mir entgegen, „lass uns gehen." Wir nutzten nicht mehr den ganzen Weg, sondern hielten uns immer bereit, jederzeit in die Büsche zu verschwinden, sollte sich uns ein unbekanntes Geräusch nähern. Wir starteten den Obstbäumen einen Besuch ab, um diese von ihrer Last, zu erleichtern und bald darauf waren wir auch wieder an unserem Ausgangspunkt angelangt. Ich schaute auf die Stoppuhr und verglich die Zeit mit meiner Armbanduhr. Identisch! Etwas mehr als 25 Stunden waren vergangen. Wir gönnten uns ein Bier auf das Erlebte, als sich plötzlich eine Stimme hinter uns erhob. Wir schreckten auf und sahen den Bauer mit Frau und Tochter auf uns zu kommen. Sie machten einen freundlichen Ausdruck. So, als wolle man ein wildes Tier streicheln und um jeden

47

Preis dessen Aufschrecken und Flüchten zu vermeiden. Sie redeten sehr sanft, in einer uns unbekannten Sprache. Ihre Gestik sollte uns veranlassen, ihnen zu folgen.

„Chramatt, Chramatt" wiederholten sie immer wieder. Joe und ich schauten uns kurz an und nickten den Dreien zu. Wir packten unsere Decken und die Tasche und folgten ihnen. Unser Weg ging über eine Grünfläche an den Felsen vorbei, hinter denen wir schon den Hof erkennen konnten. Er war nicht einmal 600 Meter entfernt.

„Da haben wir wohl die falsche Richtung erkundet" schmunzelte ich zu Joe. „Wohl wahr" entgegnete er.

Es war ein schöner Hof. Nicht all zu groß, aber mit allem, was man so kennt. Oder auch nicht! Federvieh sprang frei umher. 40 cm hoch, davon 15 cm Beine, dunkelblau schimmerndes Gefieder mit zwei merkwürdig aussehenden Flügeln, die so fluguntauglich aussahen, wie die Ohren von Brutus. Tiere tummelten sich dazwischen, hätte ich's nicht gesehen, ... ihre Haut war grünlich schimmernd (ich dachte an die Hose des Bauern) und sie waren mindestens doppelt so dick, wie die uns bekannten Schweine. Sie bewegten sich auf sechs Beinen kurz über dem Boden. Sehr leichtfüßig das Ganze - trotz ihres Gewichtes, welches ich so auf ca. 350 kg schätzte.

Wäre ich zwanzig Jahre jünger, hätte ich die Chance genutzt, sie als Reittiere zu testen. Ich amüsierte mich an dem Gedanken. Phantasie ist doch was Schönes. Sie gaben Laute von sich, wie das Nocken eines Spechtes, nur nicht ganz so laut, eher schon dezent. Ich ließ mich nicht abhalten, sie zu imitieren. Nun - alle schauten mich an und grinsten. Sogar die Tiere... und besonders Joe.

Der Bauer sagte nur: „Ligor,... Gramma dim Ligor " und machte eine essende Geste Richtung Mund. Er zeigte mit dem Finger auf ein anderes Tier und sagte: „Gramma dim

Sansan." Sansan, ein sehr stolz wirkendes Tier, das mich von seiner Bewollung her an ein Schaf erinnerte, jedoch hatte es Euter wie eine Kuh. Etwas kleiner, dennoch vergleichbar. Ihr 40 cm langer Hals endete mit einem eher breitem Kopf. An den Seiten zwei Augen, die schwarz und so groß wie Tennisbälle waren. Die Bäuerin zeigte auf ihr blaues Wollkleid und machte eine Trinker-Geste. ...dachte ich mir schon. Das Gefieder nannten sie „Panntep" und die pferdeähnlichen Tiere hießen „Mansar". Diese standen getrennt vom Hof auf einer Koppel, drei alte und zwei junge Tiere. Diese „jungen" waren so groß, wie ein ausgewachsenes Pferd. Dann waren da noch eine Art Hundehaustier und drei zigarrenförmige „Lorat`s", ca. 1,20 bis 1,40 Meter lang. An der dicksten Stelle ca. 20 cm breit, dunkelbraun, liefen sie auf sechs insektendünnen Beinen, ähnlich einer Spinne.

Wir gingen ins Haus und setzten uns an den Tisch am Fenster, wo es zur Begrüßung einen Selbstgebrannten gab. Ich schaute mich um. Alles etwas altertümlich. Es gab keinen Kamin. Nur ein kleiner Herd in der Mitte der Küche. Eine wohlduftende Pflanze bewucherte Teile der Wand und der Decke. Töpfe und Pfannen,.. Tassen, Teller und anderes fand sich wohlgeordnet wieder.
Sie redeten die ganze Zeit auf uns ein und schleuderten ihre Hände durch die Gegend.
Die Frau kam auf mich zu und zog an meinem Arm. Ich stand auf und folgte ihr ins angrenzende Zimmer, welches als Wohnzimmer genutzt wurde. Ich konnte meinen Augen kaum trauen. Ich wollte gerade Joe rufen, als der auch schon mit dem Bauern an der Tür stand. „Schau dir das an! Da hängt ein Wandteppich mit

meinem Abbild! Ich fasse es nicht." „So wie er aussieht, hängt er da auch schon etwas länger." meinte Joe.

Die Frau schien sich unermesslich zu freuen. Sie deutete immer wieder auf mich und sagte: „Gramma jutu." Ihr Mann sprach zu ihr, worauf sie das Zimmer verließ. Er bot uns an, Platz zu nehmen, während er den Schrank öffnete und eine Pfeife entnahm.

Er stopfte sie, legte eine kleine Kugel darauf und zog daran. Tabak, oder etwas ähnliches, kannten sie also auch. Ich ging meine Tasche holen, die noch in der Küche stand, und zog meine Zigaretten und drei Dosen Bier hervor. Die Bäuerin bereitete mit ihrer Tochter gerade ein Mahl.

Ich streckte dem Bauer eine Dose entgegen, welche er verwundert annahm. Wir zeigten ihm das Geheimnis des Öffnens und prosteten uns zu. Es schien ihm zu schmecken, wenngleich er ein etwas merkwürdiges Gesicht machte. Ich zeigte auf Joe und sagte seinen Namen. Danach stellte ich mich vor und deutete dann auf den Bauern. „Tekarr!" gab er zurück. Er deutete zur Küche und zeigte groß an, womit er seine Frau meinte. „Bekira." Seine Hand ging nach unten. „Sirkisil, tora bend", was wohl sowas wie unsere Tochter oder Kind hieß. Ich zog mir eine Zigarette aus der Packung und zündete sie an.

Wie vom Blitz getroffen, schreckte der Bauer zurück. Das Streichholz hatte ihn etwas erschreckt. Ich beruhigte ihn verbal, wie mit Gesten. Als er wieder ruhiger war, zeigte ich ihm, wie man damit umging. Ich zeigte in die Küche und sagte: „Herd... Feuer. Pfeife?" Natürlich verstand er mich nicht, aber irgendwie schien er doch zu ahnen was ich meinte. Er winkte uns in die Küche, wo er uns zwei Kisten zeigte. Er entnahm der einen das

50

getrocknete Blatt einer Pflanze und der anderen ein sehr leichtes, steinähnliches Etwas. Er wickelte das Blatt um den Stein und legte es in einen Topf. Man spürte eine Erwärmung des Ganzen, das sich kurz darauf entzündete. Wir waren mindestens genauso erstaunt, wie zuvor der Bauer über unsere Zündhölzer. Wir gingen vor die Tür und Tekarr zeigte uns seinen Hof. Das Haus und die Scheune waren aus Steinen erbaut und lagen sich ca. 20 Meter entfernt gegenüber. Die Dächer wurden von den Federn des Panntep gedeckt, die auf 10 cm Stärke verwebt und geschichtet wurden. Der Innenhof, der mit etlichen landwirtschaftlichen Geräten und einem Brunnen versehen war, wurde von einem ca. 1 Meter hohem Steinwall umgeben. Ein kleines Gatter verhinderte die Flucht der umher laufenden Tiere, die allerdings nicht den Eindruck erweckten, unbedingt flüchten zu wollen.

Auf der Rückseite zwischen Haus und Scheune, war ein weiteres, großes, etwa 3 Meter breites Tor. Hinter dem Haus lief ein kleiner Bach entlang, der wohl in den etwas weiter entfernten Bergen entsprang. Ich sah ihn auch durchs Küchenfenster. Er war eisig kalt. Joe zog seine Kleidung aus und sprang ohne Skrupel hinein.
Um dem Ganzen noch ein´s draufzusetzen, legte er sich mit dem Kopf unter Wasser in die Strömung.

Der Bach war höchstens 30 cm tief und rund 2 Meter breit. Die Sonne, die wie immer schien, brachte eine Temperatur zu Tage, die einem Lust auf ein Bad machte. Die Kälte des Baches jedoch hinderte mich daran, Joe`s Freude zu teilen. Joe wollte gerade wieder herauskommen, als die Tochter auf uns zu rannte und mit der Hand zum Mund führend „Rabatta dim gerol" rief.

51

Tekarr machte eine einladende Geste und wir gingen zusammen, nachdem sich Joe angezogen hatte, zurück ins Haus. Es duftete köstlich und so schmeckte es auch. Es gab einen Eintopf mit merkwürdigem Gemüse und geräucherten Würsten vom Ligor.

Wahrscheinlich. Eigentlich stehe ich ja nicht unbedingt auf Eintopf, aber der ??? - Sehr schmackhaft! Nachdem wir gegessen hatten, brachte uns Sirkisil, die ihre anfängliche Scheu überwunden hatte, in eine Kammer, die uns zum Ruhen dienen sollte. Die Tage vergingen sehr harmonisch. Wir verbrachten die meiste Zeit mit Sirkisil, die sich sehr bemühte, uns ihre Sprache zu lehren und uns ihr Land zu zeigen. Es gab keine eigentliche Schlafenszeit. War man müde, so legte man sich hin und schlief ein paar Stunden.

Diesen Schlaf nannten sie Assade. Ansonsten hatte Zeit keinerlei Bedeutung und hätte ich nicht meine Uhr umgehabt, so wäre uns das Verstreichen dieser nicht bewusst geworden. Sirkisil war sehr interessiert an der Uhr, konnte ihr aber, außer der Witzigkeit der sich bewegenden Zeiger, nichts abgewinnen.

Nun, unser Aufenthalt ging dem Ende entgegen. Wir verabschiedeten uns und teilten mit, bald wiederzukommen. Die Stoppuhr zeigte noch 20 Minuten Restzeit an. Wir warteten und nach Ablauf dieser, fanden wir uns im Labor wieder. Hier waren gerade 15 Minuten und 20 Sekunden vergangen.

Alles lief wunderbar.

AUF FROKAT

Ich dingste nach einer Dusche, einer Rasur und einer Tasse Kaffee direkt wieder zurück, während Joe einige Besorgungen machen wollte. „Ich komme gleich nach" versprach er. Nach meiner Ankunft machte ich mich auf den Weg zum Hof. Sirkisil spielte gerade mit einem kleinen Tier, dass mich sehr an einen Hund erinnerte. Nur der Kopf war etwas anders.
Er glich dem eines Pferdes. Als sie mich sah, rannte sie mir entgegen. „Tofar Aaron."
„Tofar Sirkisil," sie sprang an mir hoch, als hätte sie mich ewig nicht gesehen. Waren für mich doch nur ca. 40 Minuten vergangen, war ich für sie etliche Tage weg. Ich nahm ihre Hand und setzte meinen Weg fort.
Bekira saß in der Küche, wo sie gerade ein neues Kleid für Sirkisil nähte. Ich begrüßte sie und wurde genau so herzlich empfangen, wie zuvor von ihrer Tochter. Ich erkundigte mich nach Tekarr.

„Tebet kin dar" was soviel hieß wie - er arbeitet auf dem Feld. Ich stellte meine Tasche auf den Tisch und bat Sirkisil mich zu ihm zu bringen. Sie nahm mich an der Hand und zog mich über den Hof in Richtung des Feldes. Nach etwa 15 Minuten Marsch konnte ich Tekarr bei der Arbeit sehen. Sirkisil rief schon von weitem: „Aaron derret fan, Aaron derret fan." „Tofar, Tekarr." „Tofar tora selim!" entgegnete er, als er mich in seine kräftigen Arme schloss. „Tofar."
(Tofar = Gruß; tora = mein, unser; selim = Freund) Es wäre übertrieben zu sagen, ich könne die Sprache, doch mit Sirkislil`s Hilfe konnte ich schon einiges verstehen und mich gleichermaßen verständlich machen. Ich fragte

Tekarr, ob ich ihm behilflich sein könne, worauf er mich anlächelte und mir eine Art Sichel in die Hand drückte. Er erntete gerade „Kumbag" ein Gemüse, dass man oberhalb der Wurzel schnitt. Nach kurzer Anweisung machte ich mich an die Arbeit. Sirkisil legte den Kumbag in den Korb. Als wir fertig waren, gingen wir zum Hof zurück, wo Bekira schon mit dem Essen auf uns wartete. Als wir fertig waren, bat ich Sirkisil meine Tasche zu holen. Ich öffnete sie und zog ein Päckchen
Kaffee und Zucker, eine Seife für Bekira, Schokolade für Sirkisil und ein Taschenmesser für Tekarr hervor. Bekira konnte gar nicht genug bekommen vom Duft der Seife. Tekarr begutachtete das Messer voller Bewunderung. Ein Klappmesser! So etwas Schönes hatte er nie zuvor gesehen. Ich freute mich über den Anklang, den meine Geschenke fanden, als Bekira aufstand, ins Nebenzimmer ging und mit einem Bündel Kleidung zurück kam, welche sie für mich angefertigt hat.

Es war eine einfache Hose aus Leder und ein Hemd aus grob gewebtem braunem Stoff. Schuhe bekam ich keine. Ich sah diese auch nicht als nötig an. Der Boden war warm und in Glasscherben konnte man auch nicht treten. Ich freute mich sehr und zog mich direkt um. Das einzige, was mich jetzt noch unterschied, war meine frische Rasur. Meine Rasur! Jetzt erst wurde mir bewusst, dass ich mich während der ganzen Zeit auf Walhalla nicht einmal rasiert hatte. Da ich mich zuvor wenig darum kümmerte und mich höchstens alle 4-5 Tage rasierte, stellte ich fest, dass mein Bart kaum wuchs. Was hieße, dass „unsere Zeit" um einiges langsamer verlief, wir also kaum alterten. „Sakat selim Joe?" fragte Bekira.

Ich sagte, dass er noch Besorgungen machen wollte, aber bald nachkommen würde.

Ich fühlte mich sehr wohl. Die Zeit, (meine Zeit) auf Walhalla verging, wie gewohnt sehr schnell.

Ich machte mich nützlich, wo ich konnte und wurde auch in ihrer Sprache immer besser.

Nach und nach konnte ich Fragen stellen, die mich schon lange interessiert hatten. Zum Beispiel, was es mit dem Wandteppich auf sich hatte? Bekira erzählte mir, dass sie mich vor langer Zeit sah. Sirkisil war damals noch ein kleines Kind. Ich saß an unserem Platz und als sie näher kam, verschwand ich vor Ihren Augen. Sie wusste nicht, was sie davon halten sollte, glaubte aber, es handle sich um ein Zeichen der Götter. Sie ging zu dem Platz und zeichnete magische Formeln auf.

Dies waren also die von Joe gemeinten Zeichen! Danach ging sie zurück und schilderte Tekarr das Erlebte. Tekarr jedoch wusste nicht viel mit ihrer Aussage anzufangen, stellte aber die Rede seiner Frau nicht in Frage. Bekira beschloss mein Bildnis als Wandteppich zu knüpfen.

Ich erkundigte mich weiterhin um den Stand der Sonne und ob sie keine Nacht, sowie den Verlauf der Zeit kennen. Nacht und Zeit waren Begriffe, mit denen sie nichts anzufangen wussten.

Die Sonne stand immer am gleichen Fleck. Von Zeit zu Zeit wurde sie jedoch von Wolken verdeckt, die eine Regenperiode mitführten. Ich fragte wann diese sei, da ich das Land, dass übrigens „Frokat" hieß, nur unter Sonne kannte. Sie wussten mir keine Antwort zu geben.

Sie spürten es einfach und nach zwei bis drei Ruhephasen war es dann soweit.

Weitere zwei bis drei Ruhephasen darauf schien dann auch wieder die Sonne.

Natürlich waren sie gleichermaßen an meiner Herkunft interessiert. Ich bemühte mich, ihnen verständlich zu machen, was ich selbst nicht richtig begriff und erzählte ihnen von meinem Land, der Erde, Tag und Nacht. Neugier, wie Verwirrtheit mischten sich unter uns. Die Zeit meiner Rückkehr näherte sich. Joe war immer noch nicht eingetroffen. Mir war klar, dass er wahrscheinlich noch beim Einkauf war. Ich machte mich auf den Weg nach „Kobar", dem „heiligen Ort unseres Auftauchens." Die Zeit war richtig bemessen und kurz darauf war ich auch wieder im Labor.

Wie erwartet war Joe noch nicht wieder zurück. Ich setzte mich auf Marlene und wartete, bis ich Joe an der Tür hörte. „Tofar Joe", begrüßte ich ihn. „Wie schon wieder zurück? Das ging aber schnell." „Was heißt hier schnell? Ich war über eine Woche weg"
„Du hast neue Kleider, wie ich sehe." „Ja, Bekira hat sie für mich gemacht. Für Dich liegen auch schon welche bereit."
„Wie schön, dann mache ich mich gleich in Fortuna!"
„Hast du alles bekommen?", fragte ich. „Ja, alles da! Kartoffeln, Tabak für Tekarr`s Pfeife, einen Ballen Stoff für Bekira, ein Paket Streichhölzer, Schokolade, Kaffee, Pfeffer und Salz, eine neue Stoppuhr mit Countdownfunktion und eine Palette Dosenbier." „Wunderbar. Hör zu, ich habe mir meine Gedanken gemacht und überlegt, dass, wenn wir Fortuna auf 1,2 % einstellen, wir genügend Zeit haben, 3 Stunden und 22 Minuten um uns ab zu wechseln. Das hieße, wenn ich ankomme und Dir Bescheid gebe, bleibt Dir oder mir, genügend Zeit für die Rückkehr.
So müssen wir uns nicht immer auf die Stoppuhr verlassen."

„Gute Idee. Lass uns Fortuna auf 1,3 % einstellen, ich werde dingsen und du kommst mit 1,2 % nach. So haben wir eine Rückversicherung und können sehen, ob der Versuch gelingt." „Okay, steig ein." Ich drückte Fortuna ab und Joe verschwand. Klondyke, Brutus und Lucky ging es hervorragend. Waren doch für sie nur ein paar Minuten vergangen, so
hatte ich sie über eine Woche nicht gesehen. Ich überlegte wie es wohl wäre, wenn ich Klondyke mitnehmen würde.
Ich schnappte ihn mir und ging zu Fortuna. Er war nicht sonderlich begeistert, aber durch meine Anwesenheit und den dazugehörigen Streicheleinheiten, ließ er es geschehen.
1,2 % und ab ging's.

Frokat erschien in gewohntem Licht. Bis auf eine Kleinigkeit. Der Geruch... Ein sonderbar süßlicher Geruch lag in der Luft. Auch die Luft schien zu stehen. Ich setzte meinen Weg fort und war kurz darauf am Haus. Ich klopfte an und trat ein. Tekarr, Joe und Sirkisil saßen am Tisch.

„Tofar selim" grüßte ich. Sirkisil kam auf mich zu und schloss mich in ihre Arme. "Tofar Aaron. Was ist das für ein merkwürdiges Tier, dass du da bei dir hast?"
Eh ich antworten konnte, sprudelte Joe: „Gramma etta Klondyke." „Wie ich höre, warst du recht fleißig beim erlernen ihrer Sprache, Joe." „Nun ja, man tut was man kann!"
Ich streckte meine Hand zum Gruß Tekarr entgegen.

„Tofar Tekarr, sakat Bekira?" Bekira ruht, erwiderte er mir. Ich fragte ob noch etwas Bier da sei, oder ob sie es schon vernichtet hätten. Tekarr bat Sirkisil in die Kellerräume zu gehen, um welches zu holen. Sirkisil war so mit Klondyke beschäftigt, dass Joe meinte, er würde das Bier schon holen gehen. Sirkisil dankte ihm mit einem Lächeln. Ich fragte Tekarr was in der Luft liege und ob dies kommenden Regen verhieß. Tekarr lächelte mir zu: „Du hast die Zeichen gut erkannt mein Freund." „Wie ich sehe, schmeckt Dir auch der Tabak, den Joe mitbrachte." Tekarr hob leicht seine Pfeife an und lächelte genüsslich zurück. Joe stellte das Bier auf den Tisch und setzte sich.

Wir knackten die Dosen und prosteten uns zu. Ich schaute auf meine Uhr.
„Noch zweieinhalb Stunden, Joe." „Ja, leider. Ich würde gerne noch bleiben. Was erwartet mich denn? Nichts und niemand! Ich würde nur zurückgehen, um wiederzukommen. Ich habe mich verliebt! Verliebt in das Land. Verliebt in Tekarr, Bekira und Sirkisil. Hier hat mein Leben einen neuen Sinn bekommen. Ich möchte nicht mehr zurück, Aaron!"
Ich musste schlucken. Zu gut konnte ich Joe verstehen. Ich konnte ihm nichts entgegnen. Tekarr bemerkte wohl die Melancholie in unseren Stimmen. Er stand auf, nahm Sirkisil bei der Hand und ging mit ihr auf den Hof.

Ich fragte Joe, ob er es sich gut überlegt hatte. „Was gibt es da zu überlegen. Ich habe mich lange nicht so zu Hause gefühlt wie hier. Der einzige Grund zurückzugehen ist der, meine Angelegenheiten zu regeln. Ich habe alles genau durchdacht. Das einzige, was ich habe ist das Haus meiner Eltern. Ich würde es gerne Dir vermachen." „Das ehrt mich sehr Joe, aber mir geht es ähnlich wie Dir. Auch ich würde gerne bleiben, wären da

58

nicht meine Eltern und Luzy." „Dann vermache ich das Haus eben Luzy. Es ist mir einerlei." „Nun gut, wenn Du es so willst, möchte ich Dich nicht davon abhalten. Bedenke aber, dass die Zeit hier für uns anders läuft. Es wäre möglich, dass Sirkisil Großmutter ist, während Du nur um ein paar Jahre gealtert bist." „Dessen bin ich mir bewusst. Aber mein Entschluss steht fest. Ich nehme alles in Kauf. Auch wenn ich jetzt noch nicht weiß, was auf mich zukommen mag. Ich habe mit Tekarr darüber geredet. Er und seine Familie wären erfreut." „Nun denn - möchtest Du jetzt gehen oder soll ich zunächst wieder zurück?"

Mit schwerer Stimme sagte er: „Geh Du." Ich atmete tief durch, als die Tür aufging und Bekira eintrat. „Tofar Aaron selim." Ich nahm sie in die Arme und küsste sie auf die Wange. „Tofar Bekira." Ich fragte sie ob sich mein Freund anständig benommen habe. Bekira lächelte. „Ihr beiden seid wie Söhne für mich. Mein Herz füllt sich mit Sonne, seit ihr hier seid." Ich habe selten etwas Schöneres gehört. Nun, meine Zeit wurde knapp und so musste ich mich auf den Weg machen.

Ich nahm Joe in meine Arme und sagte ihm, dass ich etwas länger nicht kommen würde. Er hatte ja noch den Trip mit der Stoppuhr, falls etwas sein sollte. Ich verabschiedete mich und ging zurück zu „Kobar." Ich setzte mich hin und wartete. Kurz darauf fand ich mich im Labor - wie gewohnt – ein.

Was sollte ich jetzt tun? Was sollte ich überhaupt tun? Ich wusste keine Antwort. Ich beschloss meine Mutter anzurufen. Ich ging also über die Straße zur Telefonzelle und wählte die Nummer.

„Hallo?."... „Hallo Ma, ich bin's. Hast du etwas Zeit?"
„Ich wollte gerade anfangen für Deinen Vater zu kochen.
Was hast Du denn?" „Ma, sei so gut und lege Pa eine
Pizza raus und komm vorbei."
„Was hast Du es denn so eilig, ist etwas passiert?" „Nein,
Ma. Alles in Ordnung soweit. Frag´ bitte nicht, setze
Dich ins Auto und komm vorbei. Ach ja, sag bitte
niemandem etwas, okay !"
„Alles klar mein Junge. Ich fahre sofort los. Bis gleich."
„Ja, bis gleich und beeile Dich."
Keine 30 Minuten später klopfte sie an die Tür. Ich
öffnete, ließ sie ein und sperrte gleich wieder zu. Sie
schaute mich recht merkwürdig an. Was auch nicht groß
verwunderlich war. "Wo ist denn Joe?" (Joe nutzte
seinen Rücktrip nicht. Er wäre kurz nach mir
eingetroffen)
„Komm´ mit Ma! Es ist alles in Ordnung. Bleib´ nur
ruhig!"
Ich stellte sie in Fortuna. 2,0 %, Stoppuhr bereit,
abgedrückt und rein zu ihr. 73 Sekunden später waren
wir in Frokat.

Ich muss nicht extra hinzufügen, dass meine Mutter
leicht entsetzt, überrascht und erstaunt war. „Das ist
Frokat."
Ich erklärte ihr auf unserem Weg zum Haus im Groben,
was passiert war. Viel davon hatte sie nicht verstanden.
Das war auch der Grund, warum ich sie mit nach Frokat
nahm. Sie sollte Zeit haben, um zu verstehen. Bekira
stand gerade am Brunnen im Hof um Wasser zu pumpen.
Ich begrüßte sie und wechselte ein paar Worte mit ihr.
Tekarr ruhte und Joe war mit Sirkisil zum Baden am See.
Bekira begrüßte meine Mutter aufs herzlichste und bat
uns ins Haus. Ich sagte ihr, dass ich mit meiner Mutter

etwas spazieren gehen wollte und wir ihre Einladung später gerne annehmen würden.

„Du sprichst ihre Sprache?" „Ja, noch nicht sehr gut, aber immer besser. Wir werden ca. sechs Tage hier verbringen." „Sechs Tage! Mein Gott, ich kann doch nicht einfach sechs Tage von zu Hause weg bleiben!" „Bleib ganz ruhig. Wir werden 15 Minuten nach unserer Abreise wieder im Labor sein." „Wie soll das gehen?" „Das weiß ich auch nicht. Aber es ist so. Es gibt hier auch keine Nacht. Genauso wenig wie man den Begriff „Zeit" kennt.

Ich kann Dir auch nicht sagen, wieso wir hier sind. Aber wie Du siehst, sind wir es.

Ich weiß genauso wenig, wo wir sind. Aber irgendwo muss es ja sein, denn es existiert. Wenn Dich etwas interessiert, so frag einfach." „Warum hast Du mich mitgenommen?" „Nun, darauf gibt es einige Antworten. Als erstes zur Sicherheit. Merke Dir gut, was ich Dir sage. Fortuna hast Du kennen gelernt. Sie ist die Maschine, die uns dieses ermöglicht hat. Es gibt an ihr ein Digitaldisplay, dass die Heliumzufuhr reguliert, darunter ist ein Drehknopf. Durch die Bewegung nach links oder rechts veränderst Du die Einstellung. Diese wird auf dem Display angezeigt. 1,2 % bedeuten 3 Stunden 22 Minuten die man hier verbringen kann.

Unsere Einstellung hatte 2,0 %, was uns 158 Stunden und 12 Minuten Zeit gibt. Das sind über sechs Tage. Wie gesagt, wir sind jedoch nur 15 Minuten und 20 Sekunden nicht im Labor. Joe und ich verbrachten, wenn Du so willst, schon mehrere Wochen hier, waren aber nur kurze Zeit nicht im Labor. Keine Sorge, wir haben etliche Versuche gemacht. Es funktioniert immer. Du kannst uns jederzeit besuchen kommen, wenn Du willst! Ein weiterer Grund ist, dass wie gesagt die Zeit hier schneller vergeht. Ein kleines Beispiel. Das erste mal kam ich vor etwa 5 Wochen hier her. Damals war Sirkisil ein kleines Mädchen. Würde ich das tun, worum ich dich noch bitten werde, wäre Sie vielleicht schon Mutter. Möglicherweise wären Tekarr und Bekira schon sehr alt oder tot. Ich möchte die Zeit nicht verlieren." „ Aber du...." „Lass mich bitte ausreden. Die Zeit, die ich benötigte um Dich anzurufen und in der ich auf Dich wartete war etwa eine Stunde. Hier vergingen *mehrere Wochen*. Du wirst sehen wie schön es hier ist und lernst Du die Familie erst kennen, wirst Du mich bestimmt verstehen. Ein weiterer Grund war, dass Du weißt wo wir sind und Dich nicht sorgst. Joe möchte für immer hier bleiben und ich habe auch beschlossen einen großen Teil meiner Zeit hier zu verbringen. Du darfst niemandem etwas hiervon erzählen. Nicht einmal Pa. Versprich mir das!" „Es fällt mir schwer, aber wenn Dir so sehr daran liegt, versprochen." „Gut, wenn die Tage um sind, wirst Du mit Joe zurückkehren. Joe möchte seine Angelegenheiten klären. Ich möchte Dich bitten, ihm behilflich zu sein. Auch möchte ich Dich bitten, das Labor mit einer Alarmanlage zu sichern. Niemand, wirklich niemand darf ohne Schlüssel je ins Labor kommen.

Joe wird Dir, solange er dort ist, behilflich sein. Er wird Dir die Baupläne und alles Wichtige geben. Verwahre sie gut. Niemand darf sie finden. Noch etwas, Joe möchte mir sein Elternhaus überschreiben. Ich weiß momentan wenig damit anzufangen. Er meinte, wenn nicht mir, dann Luzy. Ich denke Luzy ist noch etwas zu jung deshalb soll er es euch überschreiben, ihr wisst was zu gegebener zu tun ist. Es ist auch nicht so, dass ich mein Testament mache. Auch wenn es sich so anhört. Ich möchte nur, dass alles geregelt ist. Ich werde auch mit Joe darüber reden, wie wir alles managen. Ach ja. Lass doch bitte noch ein Telefon ins Labor legen. Klondyke ist hier. Gib bitte Brutus und Lucky zu Luzy. Sie soll sich um sie kümmern. Brutus ist die schwarze und Lucky ist weiß, mit einem braunen Kopf und braunen Schuhen. So - versuche Dich etwas zu entspannen, wir sind gleich bei Joe und Sirkisil am See."

„Es ist wirklich sehr schön hier. Etwas ungewohnt aber schön. Ach, da vorne ist ja auch Joe und das Mädchen, wie sagtest Du noch war ihr Name?"

„Sirkisil!"

„Hallo Joe." Joe starrte verdutzt zu uns rüber, während Sirkisil auf uns zu kam und uns begrüßte.

„Hallo Aaron! Schön, dass Du wieder da bist. Wer ist das?" „Du beherrschst schon gut unsere Sprache, kleine Dame. Das ist meine Mutter." „Willkommen auf Frokat, Mutter des Aaron. Kommt, nehmt ein Bad mit uns." Joe kam aus dem Wasser und begrüßte meine Mutter. „Na, hat er Sie entführt?"

„Entführt ist die richtige Bezeichnung. Ich wusste gar nicht wie mir geschieht. Plötzlich war ich hier!" „Nun, dann genießen Sie Ihren Aufenthalt solange er währt."

Wir saßen noch eine ganze Weile in der Sonne. Sirkisil kümmerte sich rührend um meine Mutter. Ich teilte mit Joe den Genuss des kühlen Sees. Meine Mutter, die anfänglich noch ihre Winterkleidung trug, entkleidete sich des Klimas entsprechend. Sie genoss es zusehends mehr. "Lasst uns zurückgehen!", sagte Sirkisil nach einer Weile. „Bekira, meine Mutter, hat uns sicherlich schon ein Mahl bereitet und ich bin in der Stimmung zu essen."

„Ich habe auch einen Bärenhunger!" sagte Joe. So gingen wir also wieder zurück. Tekarr erwartete uns schon am Tor." „Ich hörte, dass Du uns deine Mutter mitbrachtest. Sie sei willkommen!" Sirkisil nahm mir die Aufgabe des Übersetzens, zu meiner und zu ihrer Freude ab. Sie hielt die ganze Zeit des Weges die Hand meiner Mutter. Ich ging auf Tekarr zu und schloss ihn in meine Arme. „Tofar Tekarr Selim!" „Tofar Aaron, tofar. Kommt herein, Bekira wartet schon mit dem Essen. Wir waren alle mächtig hungrig und so dauerte es auch nicht lange, bis wir fertig waren. Meine Ma half Bekira beim Abräumen und aufspülen und obwohl sie beide eine andere Sprache hatten, verstanden sie sich auf Anhieb. Sirkisil musste nur ab und an ein wenig aushelfen. Für mich war es an der Zeit zu ruhen.

Ich sagte Ma Bescheid und zog mich in unsere Kammer zurück. Als ich aufwachte, saß meine Mutter in einem Kleid von Bekira mit dieser und Sirkisil in der Küche.

„Steht Dir wirklich gut, das Kleid." „Ja, Bekira war so nett und gab es mir. Meine Kleidung ist doch etwas zu warm für diese Gegend." „Wo sind Tekarr und Joe?"

„Joe melkt die Sansans und Tekarr wollte zum Baden an den See." antwortete Sirkisil. Ich goss mir eine Tasse Kaffee ein und setzte mich zu den Beiden an den Tisch.

„Na - und was habt ihr Beiden so getan, während ich schlief?" fragte ich meine Mutter. „Ich war mit Sirkisil spazieren. Wir waren bei den Obstbäumen und bei Tekarr am See. So schönes, klares Wasser habe ich lange nicht gesehen. Langsam beginne ich euch zu verstehen.

Jetzt erst wird mir die Hektik und unser Leben als solches bewusst. Wir rennen Tag aus Tag ein Werten hinterher, die wichtig erscheinen und doch - bei näherer Betrachtung - bedeutungslos sind. Hättest du mich gefragt, so hätte ich das Leben ohne Strom, Autos, Einkaufszentren und alles andere, als unmöglich beschrieben. Doch jetzt... hier wird mir klar, dass wir mit all unseren "wichtigen" Errungenschaften uns nur selbst bestrafen und uns Zwängen hingeben, die unser Leben, ich meine das "Leben" an sich, nicht gerade lebenswert

64

machen. Es ist erschreckend einfach, wie diese Leute hier leben. Und was das wichtigste ist, dabei glücklich sind. Zeit hat hier wirklich keinerlei Bedeutung. Was gemacht werden muss, wird getan. Und das mit einer Hingabe, die ich nie zuvor kannte."

„Du redest so, als hättest Du Dich verliebt." „Es fällt mir schwer einzugestehen, aber nach dieser kurzen Zeit, die ich hier bin, fällt es mir schwer in „unsere Welt" zurückzukehren. Ich habe auch mit Joe geredet. Ich verstehe ihn gut und werde ihm behilflich sein, wo ich nur kann. Und so wie ich das sehe, kann ich euch ja jederzeit besuchen kommen. Auch werde ich mich bemühen, in meinem Alter die Sprache des Landes noch zu lernen. Dank Sirkisil kann ich auch schon einige Wörter. So, mein Junge. Jetzt ist es wohl auch für mich an der Zeit etwas zu ruhen. Bekira war so nett mir ihr Gemach zur Verfügung zu stellen. Wie sagt man hier? `Gute Nacht` wäre ja reichlich unpassend!"
„Kirog atar, Ma!" „Kirog atar, selim!"
Bekira geleitete meine Mutter in ihre Räume und wünschte ihr angenehme Ruhe. Ich ging zu Joe in die Scheune und schaute ihm beim Melken der Sansan´s zu. Es schien, als hätte er sein Leben lang nichts anderes gemacht. „Bin schon fertig! Hättest auch etwas früher kommen können. Hier schnapp´ dir den Eimer und bring´ ihn rein. Ich sammle noch die Eier ein und komme gleich nach. Wenn du Lust hast, können wir ja zum See, etwas baden. Tekarr ist bestimmt auch noch da. Wir könnten aber auch zu den Felsen gehen. Etwas klettern, kommt bestimmt auch ganz gut." „Gute Idee. Ich bringe schnell die Milch rein. Vielleicht hat Sirkisil ja Lust uns zu begleiten." Sirkisil fand Gefallen an unserem Vorschlag und so machten wir uns auf den Weg.

65

Joe kraxelte direkt drauf los. Er schien mit seinen 35 Jahren kindlicher zu sein, als ich es je vermutet hätte. „Los, worauf wartet ihr noch? Wer zuletzt oben ist, hat verloren." Sirkisil und ich starrten uns grinsend an. Ich erklärte mich freiwillig dazu bereit zu verlieren und half Sirkisil mit nach oben. Es war relativ einfach. Bis auf zwei oder drei Ebenen für die Sirkisil noch etwas zu klein war, konnte man es ruhig angehen lassen. Wenn man Lust hatte, konnte man es sich auch schwer machen. Wir beschlossen den einfachen Weg zu gehen. Als wir oben ankamen, meinte Joe überwältigt. „Schaut euch nur um. Man kann von hier oben das ganze Tal überblicken. Hinter dem Wald muss das Dorf liegen und schaut da, man kann den Bach bis zu den Bergen verfolgen. Die Felder, das Haus, seht - Tekarr kommt zurück, ob er uns sehen kann? Ach Aaron..... hier möchte ich sterben!" „Damit lässt Du Dir aber noch etwas Zeit", schmunzelte ich. „Was ist das für ein Hof auf der anderen Seite... hinter dem Wäldchen?" "Da wohnt Berrig mit seiner Familie. Sie sind die einzigen Nachbarn auf dieser Seite des Tals."

„Was ist hinter den Bergen?" „Ich weiß es nicht genau. Man sagt das Land würde untergehen. Die Legende besagt, dass der „Schamat agar" (was soviel bedeutet wie „Grausamer Teufel") dort sein Unwesen treibt. Würde er es eines Tages schaffen die Berge zu überwinden, so wäre auch unser Land dem Untergang geweiht."

Zum ersten mal, seit ich hier war, fühlte ich einen Schauer des Schreckens über mich ziehen. Sirkisil merkte wohl, dass ich geistesabwesend war.

„Aaron was hast du? Das ist doch nur eine Legende! Man erzählt sie schon seit Generationen. Keiner weiß ob etwas Wahres daran ist. Und selbst wenn, die Berge sind

66

unüberwindlich. Niemand würde wagen, sich dieser Gefahr zu stellen."

„Dein Wort in Gottes Ohr." „Gottes..? Was ist das?"

„Gott! So nennen wir das oberste Wesen. Man sagt, er habe unsere Welt erschaffen."

„Also auch eine Legende?" „ Ja, wenn du so willst. Wir nennen es Glaube, Religion."

„Wir im Land preisen Nathanael. Er soll einst mit Rutarmat in einem Wettkampf ums Land als Sieger hervorgegangen sein. Ihr Vater, Kotamar, wollte sich zur Ruhe begeben. Da Rutarmat der Ältere, aber auch der hartherzigere von beiden war, beschloss ihr Vater einen Wettkampf über die Herrschaft des Landes zu gestalten, dessen Sieges er Nathanael gewiss war. Rutarmat, der sich seines Anspruchs betrogen sah, verfluchte seinen Vater, so wie seinen Bruder und besetzte das Land hinter den Bergen. In diesem herrscht seither Angst und Schrecken. Kotamar, der seine Vermutung über seinen Ältesten Sohn bewahrheitet sah, starb an gebrochenem Herzen. Auf dem Totenbett gab er ihm den Namen „Schamat Agar."

Wir blieben noch etwas liegen und jeder machte sich wohl so seine Gedanken, denn bis Sirkisil nach einiger Zeit meinte, es sei Zeit zur Rückkehr, war kein Wort mehr gefallen.

„Gute Idee", meinte Joe. „Ich habe eine hundstrockene Kehle." Dem konnte ich nur zustimmen.

„Wir sollten das nächste mal etwas zu trinken mitnehmen." „Und vielleicht noch ein Radio", meinte Joe. Wir lachten beide, als Sirkisil uns fragte, was das sei - ein Radio?

Ich versuchte es Ihr zu erklären, während wir uns auf den Rückweg machten. „Eure Welt scheint voller Zauber zu sein. Ich würde gerne mal mitkommen." Joe und ich starrten uns an. Wir wussten nicht, was wir darauf sagen sollten. „Vielleicht... irgendwann einmal", sagte Joe, während er mich anstarrte. Ich vermochte nur meine Achseln zu zucken.

Wir waren nur noch wenige Meter vom Hof entfernt, als Klondyke auf uns zusprang. Ich wollte mich gerade bücken, um ihn in Empfang zu nehmen, als ich bemerkte, dass nicht ich es war, sondern Sirkisil, deren Aufmerksamkeit er forderte. „Tja, dumm gelaufen, Alter", schmunzelte Joe mich an, während Sirkisil Klondyke auf ihren Arm nahm.
„Bist wohl nicht mehr angesagt", spottete er. „ Spar Dir deine Weisheiten Blödmann!"
Ich schubste ihn etwas zur Seite, was ihn nur noch mehr zum Lachen veranlasste.
Klondyke schnurrte so laut in Sirkisils Armen, dass ich dachte, er würde jeden Moment platzen und jede Menge Zahnrädchen und Federn würden runterfallen.
Bekira und meine Mutter saßen in der Küche, wo sie das Essen bereiteten. Joe stürzte in den Keller, um etwas des köstlich kalten Saftes, den Bekira aus den heimischen Früchten gewann, zu holen. Ich setzte mich an den Tisch und schaute den Beiden interessiert zu. Schließlich war ein "multi-kulturelles" Essen zu erwarten. Außerdem war es auch schön anzusehen, wie die beiden miteinander umgingen. Nicht so, wie man das gewohnt war, nach dem Motto, das ist mein Herd. Ich koche und anderer rivalisierender Spielchen, sondern in einer absolut spannungsfreien Zweisamkeit. „Sakat Sirkisil?" fragte meine Mutter. Ich musste lächeln und antwortete „ Sirkisil dim tebet ekot matt behm Klondyke." Fragend schaute sie mich an, als Joe mit einer Flasche Saft eintrat

68

und meinte: „Er will sagen, dass sie mit Klondyke auf dem Hof spielt."

„Grins nicht so unverschämt. Richte lieber den Tisch. Essen ist gleich fertig." Ich stand auf und tat unter Grinsen, was meine Mutter mir auftrug. Es gab Ligorsteaks, gebratenen Kumbak und Pommes, die meine Mutter aus den Kartoffeln bereitete. Bekira fertigte eine Sauce, aus den Eiern des Lorat. Ihr denk jetzt bestimmt: Sauce aus Eiern? Widerlich! Aber wie man das ja kennt, was der Bauer .... Ich kann Euch nur sagen, dass diese Eier als Sauce, als Frühstücksei und in manch´ anderer Art unschlagbar sind. Wir saßen gerade beim Essen, als es an der Tür klopfte. Zutiefst erschrocken, starrten wir uns an. Tekarr, der als erster die Fassung erlangte, besänftigte uns mit einer Geste und bat zum Eintritt. Die Tür ging auf und Bergig mit seinem Sohn Temtar traten ein.

Sichtlich überrascht uns zu sehen, grüßte er und fragte Tekarr, wer wir seien. Bekira stellte meine Mutter als ihre Schwester Latana und uns als deren Söhne Tabor und Legar vor. Da Bekira aus einem anderen Teil des Landes kam, indem auch eine andere Sprache vorherrschte, war die Neugier Berrigs zunächst befriedigt.

Er wendete sich wieder Tekarr zu und fragte ob er ihm beim Decken eines neuen Schuppens behilflich sein könne, wobei er Joe und mich als zusätzliche Hilfen willkommen ansah.

Tekarr sagte, er würde sich gleich nach dem Essen auf den Weg machen. Ich wendete mich Berrig zu und bot ihm Joe`s und meine Hilfe an. Sichtlich überrascht meiner Kenntnis der Sprache, nahm er mein Angebot dankend an. Bekira bot ihnen an, eine Kleinigkeit mit zu

69

essen, Berrig lehnte jedoch dankend mit der Begründung ab, dass seine Frau wohl mit dem Kochen schon begonnen habe und nun die Rückkehr ihrer erwartete. Mit einer Geste des Dankes verabschiedeten sich die Beiden und gingen.

Nun, ich muss nicht anmerken, dass wir über den positiven Verlauf des Geschehens sehr erleichtert waren. Hatten wir doch neben neuer Bekanntschaft auch ein interessantes Tischgespräch.

Wir ließen uns noch etwas Zeit, spannten die beiden Mansars vor den Wagen und machten uns auf den Weg zum Hofe Berrigs.

Sirkisil blieb als Lehrerin und Übersetzerin bei Bekira und meiner Mutter.

Es war das erste Mal, dass wir auf dem Wagen mit den beiden Mansar´s fuhren. Nach etwa einer halben Stunde waren wir dann auch da. Berrig und Temtar arbeiteten schon wieder am Dach und begrüßten uns voller Freude. Sie waren gerade dabei, eine neue Bahn Federn aufs Dach zu ziehen. Diese Bahn ist mit einer Art Bast verwebt, etwas länger als die Schuppen und 30 cm breit. (Federlänge) Diese Bahnen werden in einem Abstand von 15cm befestigt. Wir machten uns gleich nützlich und so ging die Arbeit gut voran.

Nach einiger Zeit öffnete sich die Tür des Hauses und Berrigs Frau trat mit einer Karaffe Saft auf uns zu. Sie war ca. 35 Jahre, hatte schwarzes, langes Haar und war verdammt hübsch. Joe und ich starrten zunächst sie, dann uns an.

Ich wollte gerade etwas zu ihm sagen, als mir einfiel, dass es nicht so gut sei, in unserer Sprache zu reden. Joe bemerkte wohl selbiges und zwinkerte mir zu.

„Hallo, ich bin Salira, Berrigs Frau. Ich heiße euch willkommen auf unserem Hof und danke eurer Hilfe. Ich habe euch etwas gegen den Durst bereitet und hoffe es schmeckt euch." Sie schaute uns an und sagte: „Ihr müsst Tabor und Legar sein. Berrig hat mir eure Anwesenheit mitgeteilt. Ich hoffe es gefällt euch auf Frokat." Ich ging auf sie zu, nahm ihr das Tablett ab und stellte mich als Legar vor. „Das ist mein Bruder Tabor." Joe lächelte sie an und nickte kurz. Tekarr und Berrig stiegen vom Dach und wir versammelten uns um Salira, um unsern Durst zu stillen.

Berrig war großgewachsen, schlank, hatte braunes, langes Haar, und war so um die 40 Jahre alt.

Ihr Sohn Temtar war so gegen 20 Jahre, hatte dunkelblondes Haar, einen Bart und war von kräftiger Statur. Wir unterhielten uns noch etwas und begaben uns wieder an die Arbeit.

„Tekarr, sag′, was waren das für merkwürdige Pflanzen, die wir nahe Deines Hofes gesehen haben?"

„Du meinst bestimmt die >>Kartoffeln<<, Berrig? Das ist eine Frucht die man aus Andelor kennt, der Heimat von Bekira. Es sei eine Zucht, die erst seit kurzer Zeit bekannt ist. Letana hat sie uns mitgebracht. Sie ist vielseitig verwendbar, sehr schmackhaft und nährreich. Nach der Ernte will ich dir gerne eine Probe zur Kost reichen."

Nun - ich war auch mit dieser Ausrede sehr zufrieden und so beruhigt, brachten wir unsere Arbeit, ohne Hast zu Ende. Berrig bestand darauf noch etwas mit ihm und seiner Familie zu essen, wonach wir uns wieder auf den Rückweg machten. Joe legte sich nach hinten, wo er auch gleich einschlief. Auch ich war müde und freute mich auf mein Bett, welches ich auch gleich nach unserer Ankunft aufsuchte. Die Zeit eilte dahin und so stand die Rückkehr kurz bevor. Ich begleitete mit Sirkisil, Joe und meine Mutter zu Kobar. Joe nahm sich noch eine Flasche Saft und einige Früchte mit. Ich verabschiedete mich von meiner Mutter und erinnerte sie nochmals an ihr Versprechen und an die zu verrichtenden Tätigkeiten. „Mach dir keine Sorgen, Junge. Ich werde mit Joe alles weitere besprechen. Auf bald Sirkisil und pass mir auf Aaron auf. Hörst Du?"

Wie erwartet verschwanden die Beiden zum berechneten Zeitpunkt.

Ich ging mit Sirkisil zurück zum Hof, wo Bekira uns schon erwartete. „ Na, ging alles gut?" „Ja, die beiden sind zurück. Mal sehen, wann sie wiederkommen. Wo ist Tekarr? Ich möchte mit ihm reden." „Er sitzt im Wohnzimmer."

„Danke." „Tofar Tekarr, sag´- was weißt Du über das Land hinter den Bergen?"

„Nicht sehr viel, außer das, was uns die Legende sagt. Wieso interessierst Du Dich dafür?"

„Nun Sirkisil hat mir von der Legende erzählt. Seither beschäftigt sie mich. Ich möchte gerne wissen ob und was daran ist." „Du solltest Dich mit anderen Dingen beschäftigen. Noch nie hat es jemand gewagt sich diese Frage zu stellen."

„Nun, ich habe beschlossen der Sache auf den Grund zu gehen. Ich werde mich auf den Weg machen, um eine Antwort zu finden." „So wie es aussieht, kann ich Dir die Sache nicht ausreden. Ich werde Bekira beauftragen, Dir einen Vorrat an Lebensmitteln zusammenzustellen." „Hab Dank Tekarr, ich werde noch etwas ruhen und mich dann auf den Weg machen." „So sei es Aaron." Als ich aufwachte und in die Küche ging, hatte Bekira schon alles bereitet. Sie schaute mich an, strich mir über den

Kopf und meinte ich solle auf mich aufpassen. Sirkisil stand mit Tränen in den Augen neben ihr. Sie schluchzte: „Geh nicht, Aaron, bleib bei mir. Deine Mutter hat doch gesagt, ich soll auf Dich aufpassen. Und ich hab's ihr versprochen."

„Sirkisil, ich werde bestimmt aufpassen, aber ich muss wissen, was da ist. Bitte versuche mich zu verstehen. Ich komme bald wieder zurück. Großes Indianer-Ehrenwort."

„ Was ist Indianerehrenwort?" „Ein Indianer ist ein Mann der in der Wildnis lebt. Er trotzt der Natur, wie er auch mit Ihr lebt, ist stark und steht zu seinem Wort. Ein Ehrenwort, ist das Versprechen eines Mannes, der nichts über seine Ehre kommen lässt. So, nun muss ich aber gehen. Macht's gut. Wir sehen uns wieder." Ich schnallte mein Päckchen auf den Rücken und folgte dem Bach Richtung Berge.

Der Aufstieg war beschwerlicher, als ich angenommen hatte und wäre ich nicht schon soweit gewesen, hätte ich es mir doch anders überlegt. Ich hatte mittlerweile mehrere Stunden Marsch hinter mir und war doch erst auf der Hälfte der Höhe angelangt. Die Sicht war wunderbar. Ich sah den Hof von Tekarr und Berrig, den See, sowie das Dorf am anderen Ende des Waldes. Ich beschloss nach meiner Rückkehr einen Abstecher ins Dorf zu unternehmen.

Neben dem Essen, dass mir Bekira mitgab, fand ich auch immer wieder Sträucher mit Klapis. Klapis waren wallnussgroße, hellgrüne Beeren mit einem süßen Aroma. Bekira nutzte sie unter anderem zur Herstellung ihres Saftes.

Der weitere Aufstieg war zum Glück nicht ganz so beschwerlich und nach weiteren Stunden, hatte ich den Gipfelkamm erreicht, wo ich nach ca. 3 Metern, das Tal der anderen Seite des Berges zu meinen Füßen sehen konnte.

Ich traute meinen Augen kaum.

Ein Schauer lief über meinen Rücken. Ich sah den Hof von Tekarr, den See, das Dorf, einfach alles. Genau gleich. Wie auf der anderen Seite. Als würde ich in einen Spiegel sehen. Tausend Fragen schossen durch meinen Kopf. Da saß ich nun. Wusste nicht was ich machen sollte. Sollte ich hinuntergehen? Hatte ich die Kraft dazu? Die Kraft alles zu sehen, zu sehen was ich schon kannte? Tekarr, Bekira, Sirkisil? Konnte das sein? Und wenn, kannten sie mich? Meine Neugier verleitete mich, Gewissheit zu erlangen. Mein Verstand war außer Betrieb und mein Gefühl sagte, ′kehr um′. Da ich im Laufe meiner Gedanken recht müde wurde, beschloss ich zu ruhen.

Frisch gestärkt, würde ich wohl besser einen Entschluss fassen können. Ich breitete meine Decke aus und machte es mir so gemütlich es ging, als es durch meinen Kopf schoss. Wie weiß ich nach meinem Erwachen, welche Seite die "richtige" ist? Es war mir zu wage, mich auf die Umgebung zu verlassen. Vor mir lag das "falsche" Land. Hinter mir das "richtige." Würde ich meine Augen schließen und mich einige male drehen, wie soll ich unterscheiden können. Ich legte aus Steinen einen Pfeil gegen die richtige Seite des Landes. So fühlte ich mich etwas sicherer, und schlief auch nach kurzer Zeit ein.

Als ich erwachte, fand ich mich schweißgebadet im Zimmer des Hofes wieder.

Ich verstand zunächst gar nichts mehr. Hatte ich geträumt? .....Oder träume ich noch?

74

Ich schaute auf meine Uhr, die neben mir auf dem kleinen Tischchen lag.

Laut ihr hatte ich 7 Stunden und 30 Minuten geschlafen. Aber mein Traum ging doch fast 5 Tage? Und ich konnte mich an alles so klar erinnern, als hätte ich es tatsächlich erlebt. Ich hatte schon des Öfteren recht reelle Träume. Aber so?

TEKARR`S REISE

Ich schob meine Uhr in die Hosentasche und ging in die Küche. Alles, das Päckchen, Bekira, Sirkisil und Tekarr, waren genau an dem Ort, an dem ich sie schon einmal sah. Ein weiterer Schauer lief meinen Rücken lang. Ich war mir plötzlich gar nicht mehr so sicher, was meine Erkundungsreise anging. Ich setzte mich wortlos an den Tisch. „Du warst da, nicht?" Tekarr schaute mich fragend an.

„Was meinst Du?" „Ich glaube, Du weißt genau was ich meine. Komm mit Aaron."

Ich folgte Tekarr ins Nebenzimmer. Tekarr schloss die Tür und setzte sich mit ernster Mine auf's Sofa. Er steckte sich eine Pfeife an und begann zu reden. „Du warst auf dem Berg. Habe ich nicht recht?" „Woher weißt Du das?" „Ich sehe es in Deinem Gesicht. Auch ich war da. Vor sehr langer Zeit. Ich war damals ein junger Bursche. Voller Kraft. Auch ich legte mich zur Ruhe, bevor ich losging. Mein Vater versuchte mich damals abzuhalten. Mit dem gleichen Erfolg, wie ich bei Dir. Nun, es muss wohl so sein. Jeder der neugierig genug war, sich der Herausforderung zu stellen, erlebte das Gleiche. Niemand weiß, warum es so ist. Es gab welche, die sich damit nicht begnügten und die Reise dennoch wiederholten. Mit dem gleichen Ergebnis. Alle fanden sich im Bett, wo sie sich zur Ruhe legten, wieder. Auch ist es kein Zufall, dass Du müde warst. Du kannst noch so ausgeschlafen sein. Du musst ruhen bevor du gehst. Ich war damals sehr verwirrt. Ähnlich wie Du jetzt. Ich beschloss, das Land zu erkunden. Ich nahm ein Mansar meines Vaters und machte mich auf den Weg, entgegen der Berge. Ich bestritt meine Nahrung durch meine Arbeit, die ich während meiner Reise anbot. Ich wollte so lange weiterreisen, bis ich Gilmesch, das Ende des großen Landes erreichte.

Frokat und Wigon lagen lange hinter mir, als meine Arbeit auf einem Hof auf Andelor willkommen war. Es war Sambo (Erntezeit) und so hatten wir jede Menge zu tun. Bekira, die Tochter Sotars bemühte sich um unser Wohl. Sie war eine hübsche junge Frau und Ihre Reize blieben nicht ohne Wirkung auf mich. Wir suchten unsere Nähe und verliebten uns. Ich erweiterte meine andelorischen Sprachkenntnisse und so fiel es mir immer schwerer meine Reise fortzusetzen. Ich bat Sotar um die Hand seiner Tochter. Er willigte ein und so heirateten wir und lebten glücklich miteinander, bis zum Tod ihrer Eltern.

Eines schönen Tages preschten einige Reiter auf den Hof. Sotar sollte seine gesamte Ernte abgeben. Zum Wohl Atanes und seinem Volk. Er und seine Familie würde eine ausreichende Ration erhalten. Sotar weigerte sich. Nach kurzer Debatte nahm Ihm der Feldherr sein Leben. Tarona, seine Frau, fiel mit einem Messer über deren Führer her. Doch eh sie Ihn traf, durchbohrte auch sie kalter Stahl. Ich konnte nichts tun. Die Übermacht war zu groß. Sieben derer gegen Bekira, Bengor und mich?

`Wollt Ihr Sterben wie jene oder Leben und dienen? fragte er uns.

Die Antwort lag auf der Hand. "Nun, stellt euch ein. Es wird jemand kommen, die Ernte zu teilen." Mit diesen Worten verließen sie das Haus und ritten davon.

Ich war voller Zorn. Ich folgte dem "Herrn" unauffällig, wartend auf die Chance meiner Rache. Und sie kam. Ich durchschnitt ihm die Kehle, während er sein Geschäft verrichtete und verschwand so heimlich, wie ich kam.

77

Keiner brachte seinen Tod mit mir, oder Bengor in Verbindung. Zu weit lag der Hof zurück. Ich fragte Bekira nach meiner Rückkehr, ob sie mit in meine Heimat Frokat kommen wolle. Sie bejahte und so machten wir uns auf den Rückweg. Bengor blieb zurück. Ich bot ihm an, uns zu begleiten, aber er wollte den Hof nicht im Stich lassen. Ich konnte ihn gut verstehen. Zum Abschied gab er mir noch diesen Stein."

Er zeigte mir den dunkelgrünen Stein, welchen er die ganze Zeit durch seine Finger gleiten ließ. „Er sagte mir, er würde eine Art Magie besitzen. Ihr Vater hatte ihn von seiner Reise nach Gilmesch mitgebracht. Er fand ihn in einem Wald. Er sagte, eine Kraft hätte ihn geleitet den Stein zu finden. Und er habe rot geleuchtet als er ihn zum ersten Mal berührte. Wie dem auch sei, seither leuchtete er nie mehr. Vater jedoch glaubte an eine gewisse Macht des Steines. Ich hoffe, er ist Euch in irgend einer Weise hilfreich."

Er gab mir den Stein, doch kaum, dass ich ihn berührt hätte, fing er auch schon an zu leuchten und warm zu werden. Ich war so überrascht und erschrocken zugleich, dass ich ihn fallen ließ, eh ich ihn richtig hatte. Auch Bengor und Bekira harrten in Ehrfurcht.
Ich hob den Stein, der sofort wieder sein ursprüngliches Aussehen hatte, auf und steckte ihn in meine Tasche. Ich dankte Bengor und so zogen wir los. Seither sah ich ihn nie wieder leuchten. Zurück auf dem Hof meiner Eltern, musste ich erfahren, dass meine Mutter gestorben war. Mein Vater war ein alter Mann, der es nicht mehr schaffte den Hof alleine zu bestellen. Auch dem schmerzlichen Verlust seiner geliebten Frau, meiner

Mutter, konnte er nicht mehr lange widerstehen. Kurz nach der Geburt Sirkisils verstarb auch er."
So Aaron, nun kennst Du meine Geschichte. Ich denke, es ist von nun an auch besser, wenn wir Euch mit eurem anderen Namen anreden."

„Das ist eine traurige Geschichte, die Du mir berichtet hast Tekarr. Ich wünschte, ich könnte Dir helfen", „deine Anteilnahme ehrt mich sehr. Aber bedenke, welch´ Glück ich daraus gewann. Ich habe eine wundervolle Frau und eine Tochter, die ich über alles liebe. Du siehst, alles was geschehen ist, hat auch etwas Gutes. Auch will ich dir Kund tun, das Bekira erneut ein Kind erwartet. Was kann es Schöneres geben für mich?"
„Bekira ist Schwanger? Das ist eine schöne Neuigkeit. Ich wünsche Euch Glück."
Wochen vergingen. Wir saßen gerade während der dritten Regenphase in der Küche, als es klopfte. Joe trat ein und schallte uns grinsend "Tofar selim" entgegen.
„Tofar Tabor selim", hallte es wie aus einem Mund. Sirkisil sprang auf, rannte auf ihn zu und umklammerte ihn. „Schön, dass Du wieder da bist."
Bekira machte uns einen Kaffee, den Joe mitgebracht hatte.

79

NEUIGKEITEN

„Und alter Junge, was gibt es Neues aus der Heimat?"
„Ich hab Dir viel zu berichten Aaron. Du erinnerst dich doch, ich habe Saft und Früchte mitgenommen. Beide wurden innerhalb kurzer Zeit schlecht. Ich konnte zusehen, wie die Früchte verdorrten. Der Saft war 5 Minuten später ungenießbar." „Das heißt also, dass der Alterungsprozess um einiges schneller voran geht - so wie wir hier langsamer altern." „Genau! Ansonsten habe ich alles in die Wege geleitet, was wichtig war. Deine Mutter war sehr angetan. Sie konnte kaum glauben, dass nur 15 Minuten vergangen waren. Ich soll Dich grüßen. Du kannst in sechs Tagen zurückkehren, wenn Du willst. Andernfalls wollte Deine Mutter in ein paar Tagen wieder vorbeischauen. Doch nun zu Dir, was gibt es hier Neues?"
Ich erzählte ihm von meinem Erlebten. Er war sehr erstaunt und konnte es kaum glauben. Ich sagte ihm, dass ich auf ihn gewartet habe, um die Reise mit ihm zu wiederholen.
Ich dachte, es müsse machbar sein. Da er auch sehr interessiert war, beschlossen wir
direkt aufzubrechen. Tekarr war nicht sonderlich begeistert. Jedoch war auch er neugierig genug, um uns zu verstehen. Er ging ins Nebenzimmer und kam mit dem dunkelgrünen, glasigen, Stein zurück.
„Ich glaube, er kann euch nützlich sein. Ich wünsche euch viel Glück. Passt auf euch auf!" Sirkisil machte uns den Abschied nicht gerade einfach und Bekira meinte nur: "Männer."

Wir packten das Nötigste und machten uns, sobald der Regen nachließ, auf den Weg.

Je weiter wir kamen, desto sicherer war ich, den Weg zu kennen.

GIPFELSTURM

Geschafft! Endlich oben! Welch´ Aussicht. Joe stand wortlos da - schaute mal links, schaute mal rechts. „Das gibt's nicht! Alles gleich!" Ich fühlte eine aufsteigende Wärme in meiner Hosentasche, der ich zunächst nichts besonderes zu sprach. Fast unterbewusst, gefesselt von dem Gesehenen, griff ich in die Tasche. „Der Stein", schoss es durch meinen Kopf. Ich zog ihn vor. Er leuchtete schwach, in dunkelstem Rot und war angenehm warm.

„Joe, schau dir das an! Wow, war der nicht grün?"
„Gib mal her." Ich gab ihm den Stein, worauf dieser sein Farbenspiel freigab, wie ich es in tausend Jahren nicht beschreiben könnte. Es schien als würden alle Farben dieser Welt einen Tanz im Inneren des Steines aufführen. Es war so schön, ein Gefühl des Wohlseins in angenehmster Weise. Erst als ich bemerkte Tränen zu verlieren, rang ich meine Fassung zurück. Joe stand genauso wie ich, wortlos und versteinert da.
„Gib ihn mir mal wieder." Joe gab mir den Stein, aber der verlor sofort wieder seine Farbe. Nun, ich war schon etwas enttäuscht. Warum wollte der blöde Stein nicht bei mir leuchten? Oder warum leuchtete er bei Joe umso mehr? Was soll's, ich beschloss, obwohl es mir

schwerfiel, den Stein Joe zu überlassen. Wer weiß, wozu es gut ist.

„Nimm du den mal besser", sagte ich. `Bekiras Vater` ging es durch meinen Kopf.

Er hatte Recht mit dem Stein. Aber... was war dran? Warum leuchtete er jetzt und warum nicht bei mir? Nun, da ich eh keine Antwort erwarten konnte, nahm ich es als gegeben. „Ganz schön merkwürdig das Ganze", bemerkte ich.

„Findest du?", fröstelte Joe. „Komm, lass uns weiter gehen."

„Gleich - nur eine Sache noch." Ich ging an die Stelle, an der ich mich das letzte mal schlafen legte. Es war hier! Ich war hier !!! Der Pfeil lag vor mir, als hätte ich Ihn erst gestern gelegt.

„ Oh, ohh......,"kam von Joe, der meine Gedanken wohl gerade lass.

"Jetzt aber weg hier", „deiner Meinung Kumpel", gab ich zurück.

So machten wir uns also an den Abstieg. Den Weg kannten wir ja, nur anders rum.

Nach ca. fünf Minuten wurde ich müde. Joe ging es nicht anders. ´Nur nicht einschlafen´, dachte ich. Sonst war alles umsonst. Ich machte Joe klar, dass wir uns gegenseitig wach halten müssen. Er gähnte zwar ausgiebig während meiner Rede, schien jedoch zu begreifen, um was es ging. So schleppten wir uns also Meter um Meter, immer kurz vor dem einschlafen, noch ca. 15 Minuten voran. Plötzlich hatte ich das Gefühl, gegen eine unsichtbare Wand gelaufen zu sein. Es schien sogar ein Geräusch gegeben zu haben.

Joe, der direkt hinter mir ging, lief auf mich auf und drückte uns so beide durch.

82

Es war, als wären wir durch eine gallertartige Masse geschlurft.

„Was war das den?" fragte er. „Keine Ahnung, aber schau dich um. Keine Ahnung, wo wir hier sind. Wüsste ich es nicht besser, würde ich sagen, wir sind in irgendeinem Dschungel."

„Was du nicht sagst", rings um uns herum standen Palmen und andere Bäume, Farne und Grünzeug in rauen Mengen. Sicht, höchstens 12 Meter. Ganz schön frisch und völlig abgefahren.

„Was nun? Aaron - Irgendwelche Ideen?"

„Nicht direkt. Lass uns einfach mal drauf los gehen." Die Müdigkeit, die uns eben noch fast erschlug, war wie weggeblasen. So bahnten wir unseren Weg durch das von Tiergeräuschen bestimmte Dickicht.

Tagelang (168 Stunden, laut Stoppuhr) durchkämmten wir den Wald. Unsere Vorräte waren nach kurzer Zeit verbraucht und so ernährten wir uns von essbar aussehenden Früchten, bis wir den Rand des Waldes erreichten. Die unangenehme Kälte des Waldes blieb in ihm zurück, als hätten wir eine weitere Wand durchbrochen. Wir setzten uns ins Gras und zogen die mollige Wärme der Sonne in uns auf, während wir uns umschauten und überlegten, was zu tun sei.

GILMESCH

„Hörst du das?", fragte Joe. „Ja - hört sich an, als würden Menschen schreien."

Kaum hatte ich zu Ende geredet, sahen wir auch schon zwei Männer, die zu Fuß vor sechs berittenen Männern in einer Art Lederrüstung flüchteten. Das heißt, sie wurden eher getrieben.

Einer der Reiter bemerkte uns und machte die anderen auf uns aufmerksam. Sie trieben die Männer auf uns zu, während zwei der Reiter vor ritten und uns umkreisten.

"Schöne Scheiße!", entfuhr es Joe, „wäre ich doch nur nicht mit. Das hab ich nun davon!" „Ganz ruhig. Wart´ doch erst mal ab". Mittlerweile waren alle versammelt. Die zwei Männer kauerten etwa drei Meter neben uns zusammen. Einer der Reiter beaufsichtigte sie. Die Anderen unterhielten sich in einer fremden Sprache über uns, als Joe plötzlich den Stein aus seiner Hose zog. Er leuchtete in dunkelstem Rot. Kaum aus seiner Tasche, lösste er damit ein heilloses Durcheinander aus. Die Mansars scheuten und die Reiter hatten alle Hände voll zu tun, sie einigermaßen in Zaum zu halten. Hecktische Wortfetzen drangen durch das Gemenge, bis die Reiter fluchtartig das Weite suchten.

„Das war eine gute Idee mit dem Stein, Joe. Woher wusstest Du das?"

„Ich.. weiß gar nichts. Der blöde Stein wurde auf einmal so warm, dass ich dachte, meine Eier schmelzen, wenn ich ihn nicht sofort raushole."

Die zwei Männer knieten einige Meter vor uns auf dem Boden und winselten irgend etwas vor sich hin. Ab und an fielen die Worte *Nathanael* und *Kotamar*, sowie *Schamat Agar*.

84

Ich versuchte die Sprache Frokat`s. „Wer seid Ihr? Könnt Ihr mich verstehen?"

Einer der Beiden schaute verstohlen nach oben. "Ich kann dich verstehen, bitte tötet uns nicht." Ich versicherte Ihm, dass wir das nicht vor hatten. Nach einiger Zeit gewannen wir sein Vertrauen.

Zumindest fürchtete er sich nicht mehr vor uns. Er redete kurz mit dem Anderen, bis er meinte: "Wir müssen schnell weg hier. Es wird nicht lange dauern, bis uns die Reiter Atanes erneut aufspüren."

Atane - diesen Namen kannte ich aus Tekarrs Erzählung.

„Mein Name ist Jefant. Das ist Hokesch. Er wird ins Dorf zurück gehen und berichten, was geschehen ist. Wir gehen zu *Tar Agar*, dem Ende des Landes."

Wir verabschiedeten uns von Hokesch und zogen los."

Wir müssen uns innerhalb des Waldes bewegen. Seht Ihr die weißen Felsen? Dahinter endet das Land. Dort können wir uns verstecken bis Hokesch zu uns stößt."

Ich sah die `Begeisterung` in Joe's Gesicht und konnte mich dieser nur anschließen.

Bis zu den Felsen, die sich bis in den Wald erstreckten, waren es innerhalb des Waldes sicherlich mehrere Stunden Kampf. Joe war offensichtlich sauer. Den ganzen Weg umhüllte uns frostiges Schweigen. Klar war ich Schuld... Aber so richtig dafür konnte ich ja auch nichts, oder?

So gingen wir also im Schutz des Waldes, Richtung Felsen. Dieser schien auch nötig.

Es dauerte nicht lange, bis zwei der Wachen zurück kamen, die Lage peilten und weiterzogen.

„Ich kann nur hoffen, dass Hokesch gut durch gekommen ist," bemerkte Jefant.

So liefen wir also bis zum Rand der Felsen. Es schien, als wuchsen sie einfach so aus dem Boden. Vierzig Meter hoch und ohne Vorwarnung. Wie eine Zahnreihe verliefen die Felsen bis außerhalb meiner Sicht - Unüberwindlich.

Die Freude eines jeden Freeclimbers. „Wir müssen den Fels umwandern."

„Oh nein!", dachte ich, „jetzt ermordet mich Joe."

„Können wir nicht kurz rasten?", fragte ich nach.

„Gleich, es ist nicht mehr weit." So richtig konnte ich Jefant's Worten keinen Glauben schenken. Ich sah nur Fels und Wald, doch er hatte Recht. Wir gingen noch ca. 600 Meter am Fels entlang, tiefer in den Wald, bis aufkommender Nebel uns die Sicht erschwerte. Jefant blieb stehen: „Wir müssen nun dicht beieinander bleiben. Der Nebel wird nun immer dichter. Die warme Luft Tar Agar's mischt sich mit der kalten Luft des Waldes. Tastet euch am Felsen entlang. Er bringt euch sicher auf die andere Seite".

Ich legte also meine Hände gegen den Fels. Warm - er war warm! Nicht übermäßig, aber dennoch... Was uns wohl auf der anderen Seite erwartet?

So tasteten wir uns Schritt für Schritt am Fels entlang. Der Nebel wurde so dicht, dass meine Hände darin verschwanden. Von Joe, der vor mir ging, keine Rede. Die Felswand wurde immer wärmer und feuchter. Ich bekam kaum noch Luft, als sich der Nebel entlang des Felsens langsam lichtete. Ein Abgrund tat sich auf, wie ich Ihn mir hätte nicht erträumen lassen. Weißer Stein, der sich mit dem aufsteigenden Nebel mischte und ein Geruch, der an schlechten Atem erinnerte. Ich fühlte mich, als wäre ich ein Atom in einem benutzten

Wattebausch. Die Tiefe der Schlucht, geschweige denn eine andere Seite waren nur zu erahnen. Falls es so etwas überhaupt gab?!? Keine Pflanze weit und breit. Kein Leben in Sicht. Wahrlich - das Ende der Welt - hier war es.

So, wie ich es hätte nicht besser beschreiben können. Jefant führte uns in eine Höhle,

etwas unterhalb des Pfades, den wir gingen. Sie war nicht sehr groß. Gerade ein Kopf höher als Jefant, der ein Kopf kleiner war als Joe und ich. Eigentlich hätte ich erwartet, dass die Höhle eiskalt sei. Wie der Keller Tekarrs. Keine direkte Sonneneinstrahlung.

Nun, dem war ganz und gar nicht so. Mollige Wärme durchdrang die Gänge des Inneren. Ich musste sofort an unsere Steinzeitmenschen denken. „Warme Höhlen,"...welch` Luxus! Das einzig unangenehme war der Geruch, der hier noch etwas an Stärke gewann.

Leicht süßlich, etwas modrig. Zum Glück hatte man sich nach einiger Zeit auch daran gewöhnt. Joe gähnte: „Ich glaub´, ich leg´ mich erst mal etwas ab!", er schnappte sich die Decken und suchte sich ein nettes Eckchen zum ratzen.

UNMÖGLICH ?!

Jefant und ich gingen zum Eingang der Höhle zurück und setzten uns hin.

„Sag, Jefant, wo sind wir hier? Wer waren die Männer, warum jagten sie euch?"

„Nun, eins nach dem andern. Ihr seid hier in Gilmesch, dem Ende des Landes. Der Grenze zum Land des „Schamat Agar." „Wo soll dieses Land sein?"

„Das fragst Du mich? Ihr wart es doch, die daraus hervor kamen!"

Ich versuchte ihm zu erklären, wo wir herkamen und wie. (Natürlich gab ich uns dabei als Bürger Frokat´s aus) Er schüttelte den Kopf. „Nein, nein, das kann nicht sein. Ich war in Frokat, es ist lange her und ich brauchte mein halbes Leben, um hin und wieder zurück zu kommen. Aber ich kenne die Berge, von denen Du redetest," fuhr Jefant fort. Ich habe sie gesehen. Ich verweilte im Dorf, wo ich die Geschichte von Schamat Agar vernahm. Es kam mir merkwürdig vor. Kannte ich doch das Reich Schamat´s von meiner Heimat Gilmesch.

Nun, ich musste es besser wissen und machte mich auf den Weg Richtung Berge.

Ich kam an einem Hof vorbei, folgte einem Bach und bestieg den Berg. Den Gipfel erreicht, wurde ich müde und schlief ein. Als ich erwachte, fand ich mich in meinem Bett in der Herberge, in der ich mich aufhielt, wieder.

So beschloss ich, die Rückreise anzutreten. Nun kommst Du und behauptest Frokat liegt hinter dem Wald? Unmöglich! Und doch - Zweifel überkommen mich."

„Jefant, es muss so sein, auch wenn ich Dir nicht sagen kann wie, oder warum. Oder ob wirklich Schamat Agar dahinter steckt. Oder wer auch immer. Ich habe so viel merkwürdiges erlebt, ich weiß bald wirklich nicht mehr, was sein kann und was nicht! Aber eins ist sicher: Du warst am Berg, dem Bach und dem Haus, welches Du sahst existiert. Wie gesagt, Tabor und ich gastierten auf dem Hof, ehe wir aufbrachen. Auch ich ging das erste mal alleine. Und so wie Du, erwachte ich in meinem Zimmer auf dem Hof. Ich war 7 Tage weg und hatte doch nur etwas geschlafen. Würde mich brennend interessieren, wie das vor sich geht!"

Oh ohh.... hatte ich doch aus versehen „Tage" gesagt. Ich versuchte schnell abzulenken, bevor er sich Gedanken darüber machen konnte.

„Sag mir, wer waren die Männer und was wollten sie von Euch?"

„Das waren Atanes Reiter. Atane ist, wie er sich selbst gerne nennt, die rechte Hand Schamats. Diese lässt er uns allzu deutlich spüren. Alles was wir ernten; alles, was die Höfe uns geben - alles nimmt er uns. Jedes Tier ist registriert. Jedes Ei müssen wir abgeben. Einfach alles. Es sei zum Wohle aller! Was auch nicht ganz falsch ist.

Seinen räuberischen Helfern geht es allen gut. Es sind so viele, dass mittlerweile für uns Bauern nicht mehr viel bleibt. Es fängt schon an, verräterische Züge anzunehmen.

Die Belohnung ist ausreichendes Essen. Zumindest für einige Zeit.

Malim´s Sansan bekam Nachwuchs. Vier Kleine! Er fragte Hokesch und mich, ob wir ihm helfen, eins der vier zu behalten und aufzuziehen. Wir wussten, dass das nicht ganz einfach sein wird. Aber... was tut man nicht alles für ein Glas Milch für die Kinder! Du denkst jetzt bestimmt, ein Glas Milch dürfte doch kein Problem sein!

Und doch, wir müssen pro Sansan zwei Kasputs täglich abgeben.

Es ist nicht einfach, jeden Tag diese Menge zu stellen. (Zwei Kasputs, sind ungefähr ein dreiviertel Liter „Tagesleistung.") Nun, wir beschlossen es zu wagen. Vier Regenphasen sind seitdem vergangen. Noch kein Glas Milch hat es erbracht. Schon wurden wir auch verraten. Sie ritten ins Dorf, jagten uns aus unseren Häusern und zum Dorf hinaus. Das Sansan töteten sie an Ort und Stelle und nahmen es mit. Ich denke, sie lassen es sich gerade schmecken. Malim brachten sie in die Folter. Uns wollten sie zum Tokarahm hetzen, wo wir ihre Peitschen spüren sollten. Sie wollten uns nicht töten. Nur gefügig machen.

Tote Diener nützen nichts!

„Nun sag Du mir, wo habt ihr diesen Stein her? Ich habe schon viel von ihm gehört.

Jedoch dachte ich, es handle sich um eine Legende."

„Erzähl mir mehr von dieser Legende. Danach möchte ich Dir gerne erzählen, wie wir an den Stein kamen."

„Nun - die Legende sagt, dass Kotamar diesen Stein ins Land brachte, um Nathanael zu helfen, Schamat in einem Wettstreit um die Herrschaft des Landes zu besiegen.

Man sagt, dass der Stein in einem Tempel im tiefen Wald liegen soll. Ein Auserwählter soll kommen, das Land mit der Macht des Steins zu befreien.

Zunächst jedoch, müsse dieser Stein jedoch einmal das ganze Land durchqueren, um da zu sein, woher er kam."

Ich erinnerte mich, dass Joe den Stein, kurz nachdem wir unseren Weg durch den Wald antraten, hervor zog. Er leuchtete und wurde wohl etwas warm, meinte er.

Sind wir, ohne es zu bemerken, an dem Tempel vorbei gelaufen? Auch die drückende Stille, die auf einmal herrschte, um einige Meter weiter wieder das Leben des

90

Waldes zu hören, regte mich nun zu neuen Spekulationen an. Dachte ich schon, dass der Stein etwas mit der Stille zu tun hat, wurde mir erst jetzt klar, dass sich die "Legende", zumindest zum Teil, erfüllte.

Ich wusste nur noch nicht, welche Rolle Joe und ich spielen sollten.

Ich wollte gerade eine der weiteren tausend Fragen stellen, die sich in meinem Kopf überschlugen, als eine Stimme rief. „Jefant, al sirim tar? Tam Hokesch!"

„Das ist Hokesch. Hokesch, tam rotal"!

Kurz darauf stand Hokesch mit einem Korb vor uns. Joe kam aus der Höhle auf uns zu.

„Was zu Essen? ..... Wunderbar! Ich hab mächtigen Hunger!"

Dem konnte ich mich nur anschließen. Wir suchten uns ein schönes Plätzchen, wo wir uns über das Mitgebrachte her machten. Erst jetzt wurde mir klar, wie lange wir schon nichts mehr Vernünftiges zu Essen hatten.

„Esst mit Bedacht. Wie gesagt, die Zeiten sind schlecht."

Als Jefant den Korb öffnete, sah ich wie schlecht. Es war nicht mehr als eine Vorspeise für jeden von uns. Der Geruch der Höhle war nicht gerade geschmacksfördernd, doch der Hunger trieb es rein. Während Joe und ich aßen, unterhielten sich Jefant und Hokesch angeregt in ihrer Sprache. Nach kurzer Zeit erhob Jefant das Wort: „Wir müssen aufbrechen. Hier sind wir nicht lange sicher. Atane wird Bericht über Eurer Ankunft erhalten haben und wenn er vom Stein erfährt......"

Jefant schwieg. Ich konnte seinem Gesicht jedoch nichts Gutes ablesen. „Wir bringen euch auf Lazars Hof. Er wird wissen, was zu tun ist."

„Wie - schon wieder laufen?", Joe stöhnte. „Ich möchte wieder zurück zu Tekarr und Sirkisil, da hatte ich

91

wenigstens meine Ruhe. Hier bin ich nur auf der Flucht. Die Angst im Nacken. Und warum? Nur wegen deinem blöden Einfall über den Berg zu gehen.

Schamat Agar und so, was soll das? Was hab ich damit zu tun? Ich kenn' den nicht einmal. Lass uns zurückgehen Legar."

„Tabor, ich weiß nicht, was hier gespielt wird aber wir gehören dazu. Es muss so sein. Zu viele Steinchen passen ins Mosaik. Wir können nicht einfach abhauen, verstehst Du? Und Du ganz besonders nicht. Du stehst in einem ganz besonderen Bezug zu diesem Stein. Das müsste Dir doch klar sein." „Ja, aber was kann ich schon tun? Ich sprech' noch nicht einmal die Sprache, geschweige denn, dass ich etwas verstehe. Von was für Steinchen redest Du überhaupt? Kannst Du mich nicht mal aufklären?"

Ich versuchte Joe die Zusammenhänge, so gut ich konnte, zu erklären.

Und das alles, was passiert war, so sein sollte. Die Reise des Steins durch das Land.

Von Sotar über Bengor zu Tekarr und über mich zu Joe. Vollendet im Wald, als der Stein erleuchtete.

„Es scheint nun unsere Aufgabe zu sein, das Land von wem auch immer, zu befreien."

„Und wie sollen wir das anstellen? In einem fremden Land? Ohne Waffen, ohne den Gegner überhaupt zu kennen? Findest Du nicht, dass wir leicht unvorbereitet sind, um irgend wen von irgend jemandem zu befreien?"

„Ich weiß, aber wer hat gesagt, dass wir alles an einem Tag erledigen müssen?

Rom wurde auch nicht an einem Tag erbaut."

„Ja, aber vernichtet! Und außerdem, wie lange hast Du eigentlich vor, hier zu bleiben? Tekarr und Bekira sorgen sich bestimmt schon. Und Sirkisil? Hast du mal an sie gedacht? Und was ist, wenn deine Mutter kommt und

Bekira ihr sagt, dass wir schon eine halbe Ewigkeit verschollen sind?"

„Nun übertreib´ mal nicht, solange sind wir jetzt auch noch nicht weg. Es gibt hier Wichtiges zu tun. Wenn ich auch noch nicht weiß, was. Ich würde sagen, wir folgen den Beiden erst mal." „Na ja, wenn Du das meinst, was soll ich schon groß sagen?"

Also folgten wir ihnen.

Kahle, weiße Felsen ragten zu unserer Linken etwa 40 Meter in die Höhe. Eine Gott-weiss-wie-tiefe-Schlucht aus Nebel zu unserer Rechten und ein Pfad... ca. vierzig cm mal siebzig cm breit, der meine ganze Aufmerksamkeit forderte, zum gehen.

Entlang des Felszuges war eine etwa ein Meter breite nebellose Zone, die die Sicht nach vorne und ein wenig die Schlucht hinab, freigab. Steinchen, die ich die Schlucht hinunter kickte, verhallten im bodenlosen Nebel.

„Komm bloß nicht auf die Idee, hier mit einem Gleitschirm abzutauchen. Nur um zu sehen, was da kommt". Joe's Laune schien sich gebessert zu haben. „Auf so verrückte Ideen kannst doch nur Du kommen!" erwiderte ich. Aber jetzt wo Du's sagst, gar keine schlechte Idee. Vielleicht wenn wir hiermit durch sind..." Joe blickte zurück.

Sein Gesicht hatte einen ungläubigen, aber dennoch zögernden Ausdruck. „Ist nicht dein Ernst, oder?", ich grinste zurück.

So trotteten wir also hinter Hokesch her. Es hatte etwas beruhigendes, Jefant hinter mir zu wissen. Ich versetzte mich in seine Position. Der Schauer, der über meinen Rücken lief, liess mich sogleich meine eigene, lieber aber noch Joe's einnehmen.

„Jefant, wie konnte Hokesch so schnell wieder bei uns sein?"

„Nun, er rannte zu Lazar, wo er auf dessen Mansar ins Dorf und wieder zurück zum Wald ritt. Von da zu Fuß durch den Wald zu uns." „Und das Mansar?" „Kennt seinen Weg." „Warum sind wir nicht auch direkt zu Lazar gegangen, sondern mühen uns diesen lebensgefährlichen Weg ab?"
„Hätten die Wachen uns zuvor entdeckt, wüsstest du die Antwort. Ein Mann genügt um Atane zu berichten. Wären alle verängstigt zurückgekommen, hätte sie Atane geköpft."
Hokesch blieb stehen. Er sagte wohl so etwas wie `wir sind da`. Eine Spalte oder besser nur ein Riss fraß sich links in den Fels.
„Hier müssen wir durch!" Jefant schnaufte. „Es wird beschwerlich, aber danach haben wir es geschafft. Von dort ist es nur noch ein kurzes Stück, bis wir im Schutz des kleinen Waldes und den Hof von Lazar erreichen. Hokesch eilte voraus, um nach Atanes Männern Ausschau zu halten und Lazar Bescheid zu geben. Wenn alles klappt, sind wir in etwa einer Stunde da."
Eine Stunde! ....hämmerte es durch mein Gehirn. STUNDE! Wie in aller Welt kam Jefant an einen so irdischen Ausdruck wie "Stunde?" Eine Einteilung der Zeit? In einem Land, indem das Wort Zeit genauso bedeutungslos war, wie eine Stunde. Joe schien gar nicht begriffen zu haben, was Jefant sagte. Er lehnte nur gelangweilt am Fels und beschwerte sich andauernd über irgendwelche Lappalien. Ich stellte mich dumm und fragte Jefant, was das sei... >eine Stunde<? Jetzt schien es auch bei Joe gefunkt zu haben.

94

Verdattert schaute er erst mich, dann Jefant an. „Man nennt es Zeit. Es wäre zu umständlich es euch zu erklären. Nur soviel. Es gibt Stunden. 24 davon sind ein Tag. 7 Tage eine Woche. 4 Wochen ein Monat und 12 Monate ein Jahr." Voller Stolz starrte er uns an. Joe und ich schauten uns so dumm an, wie nie jemanden zuvor.

„Woher weißt du das?" fragte ich Jefant. „Kennen all´ deine Leute die Zeit?"

„Nein. Zeit zu messen ist nicht unser Begehren! Nach meiner Rückkehr aus Frokat musste ich die Neugier der Dorfbewohner befriedigen. Es dauerte nicht lange, bis Atane davon erfuhr. Ich wurde zu ihm gebracht um ihm zu berichten. Es war gleich am ersten Tag, als ich ihn sah. Ich wurde in eine Halle gebracht, in der Atane auf einem Thron saß. Die ganze Halle war mit wertvollen Teppichen ausgelegt. Wenige, wichtig aussehende Menschen, gaben der sonst eher tristen Halle etwas Leben. Bis auf einen. Der stand ungerührt neben einem Sockel. Auf diesem befand sich ein Gebilde aus Glas, zur Hälfte mit Sand gefüllt, unterteilt in zwei Hälften. Die eine oben, die andere unten. Sand rann von oben nach unten. Es kam mir merkwürdig vor. Ich hatte aber keine Gelegenheit um groß darüber nachzudenken, denn Atane forderte sogleich meine Aufmerksamkeit. Solange ich ihn gut unterhielt, hatte ich ein schönes Leben. Ich berichtete meine Reiseerlebnisse, lehrte Ihn Frokat und erzählte ihm von meinem Erlebnis am Berg.

Immer wenn der Sand durch gerieselt war, drehte der Mann die Sanduhr um, worauf der Sand von neuem rann. Ein Diener, dessen Freund ich wurde, lehrte mich die Zeit.

So, genug geredet, wir müssen uns beeilen. Hokesch ist schon weit voraus."

95

Der Weg durch den Riss war sehr beschwerlich. Der Boden war schlammig. Aus diesem Schlamm wuchsen recht buschige, türkisfarbene Pflanzen bis zu zehn Metern hoch.

Jefant meinte, ihre silberschillernden Blüten zögen die Feuchtigkeit aus der Luft, welche sie in ihren Kelchen sammeln. Sind die Kelche voll, so laufen sie über. Die Kelche waren so groß, man hätte mühelos ein Kleinkind darin baden können. Sie waren so zahlreich, man hätte meinen können, es regnete. So hatten wir also mit dem Schlamm, der Hitze, den Pflanzen und des „ Regens" zu kämpfen. Es dauerte fast eine halbe Stunde, bis wir den Riss, der nur etwa 30 Meter lang war, durchquert hatten. Am anderen Ende spitzelte Jefant die Lage. Alles war ruhig.

Hokesch stand am Rand eines Waldes, etwa 50 Meter auf der anderen Seite der Lichtung, die vor uns lag.

„So, nun müssen wir uns sputen. Seid Ihr bereit?" Joe murrte: „wenn's denn sein muss!"

„Ich zähle bis drei", sagte Jefant, „dann geht's los. Eins – zwei - drei....!"

Kaum hatte er die drei ausgesprochen, hetzten wir wie von der Tarantel gestochen, über die Lichtung. Im Schutz des Waldes setzten wir unseren Weg fort, bis wir nahe Lazars Haus waren. "Wartet einen Moment", meinte Joe, „etwas stimmt nicht. Der Stein... er wird heiß." Joe zog ihn aus seiner Tasche und tatsächlich.... er leuchtete hell.

Keinen Atemzug später waren wir von Atanes Männern umringt. „Ein Hinterhalt". schrie Jefant. Ich blickte auf Joe: „Steck den Stein wieder weg."

Kaum ausgesprochen, war dieser auch wieder in seiner Tasche verschwunden. Einer der Männer gab Anweisungen, worauf wir, eher unsanft, in das Haus geführt wurden. Im Innern saß ein Mann, umringt von Wachen am Tisch.

„Atane", entfuhr es Jefant. Das war also Atane. Entgegen meiner Vorstellung von Ihm, sah er eher schmächtig aus. Er hatte dunkelblonde Haare und einen leichten Vollbart.

„Nun, Jefant, du kennst mich also noch? Wen hast Du mir denn da mitgebracht?"

Er sprach Frokat und so konnten wir alles verstehen. Was wohl seine Absicht war?

„Hokesch war so freundlich, euch meinen Plan zu verraten. Gramt ihm nicht, er hatte keine andere Wahl." Ein überlegenes Lächeln untermauerte seine Worte. „Doch nun zu euch Beiden. Ich hörte, ihr kommt aus dem Wald. Was führt euch in mein Reich? Und wo ist der Stein?", ehe wir antworten konnten, gab er einem seiner Wachen einen Befehl.

In englischer Sprache sagte er, sie sollen Hokesch, Jefant und Lazar in ein Nebenzimmer geleiten. Joe und ich starrten uns fragend an. Was sollten wir tun? Wie konnten wir unseren Kopf aus der vermeintlichen Schlinge ziehen?

Er kam von unserer Erde. Soviel war uns klar. Aber wie? Ich spürte, dass unser Leben nicht mehr viel Wert war. Sobald er den Stein hätte, würde er uns töten. Also beschloss ich, uns ebenfalls als Erdlinge zu outen. In meinem bestem Englisch fragte ich ihn, wie er hier her kam. Damit hatte er nicht gerechnet. Überrascht sprang er auf. Seine Augen funkelten. Er fasste sich aber schnell wieder. Dennoch konnte ich so vieles in seinem Gesicht erkennen. Einen Hauch Furcht, Neugier, Verwirrtheit und tausende Fragen.

„Wer seid ihr? Woher kommt ihr? Mit einer Handbewegung befal er seine Männer, bis auf zwei, vor die Tür. Ich nutzte seine Verwirrtheit aus und entgegnete ihm, dass ich zuerst gefragt hatte. Er lächelte hintergründig. Momentan waren wir sicher, soviel stand fest.

Seine Neugier war zu groß, als dass er uns einfach so töten ließe. Ich erkannte daraus einen Vorteil für uns.

„Nun gut, ich war Wissenschaftler bei der NASA. Ich arbeitete an einem Projekt, dass wir >Proton B< nannten. Ich möchte nicht näher darauf eingehen. Jedenfalls gab es einen kleinen Unfall bei einem unserer Experimente. Als ich erwachte, fand ich mich hier wieder. Seit dem sind hier über zweihundert Jahre vergangen."

Ich fragte, wann dieser Unfall geschehen sei. „Das war am 11.August 1978", erwiderte er. „Nun, wir schreiben das Jahr 1993", warf Joe ein. Atane war sichtlich geschockt.

„Seid meine Gäste. Ich lade euch auf meinen Besitz ein. Es gibt viel zu reden und ich habe guten Wein." Kaum hatte er ausgeredet, zeigte er seinen Männern an, dass sie alles zum Aufbruch bereiten sollten. Kurze Zeit später machten wir uns auf den Weg.

Jefant, Hokesch und Lazar ließen wir zurück. Sie waren wohl nicht mehr interessant für ihn. Wir verabschiedeten uns von den dreien und setzten uns auf die uns zugewiesenen Mansars. Die beiden Wachen, deren Mansars wir ritten, nahmen in einem geschlossenen Wagen, der wohl für uns bestimmt war, Platz. Die Vorstellung, darin zu reisen war mir nicht sehr angenehm. Man musste gebückt sitzen und bei den Temperaturen und den kleinen Fenstern, kam er einer fahrenden Sauna gleich. Hatte mein „outen" doch schon die ersten Vorteile erbracht.

Wir ritten hinter dem Wagen. Zwei neben, vier hinter uns und Atane mit zwei Wachen voraus. Ich spürte, das Atane absichtlich nicht neben uns ritt. Es schien, als müsste er seine weitere Vorgehensweise neu überdenken. Was uns betraf, so hatten wir nicht viele Möglichkeiten. Joe war ganz schön sauer und ich konnte es ihm nicht mal verdenken. Ich erinnerte mich an unseren Ausflug mit Sirkisil, als Joe sagte, es sei so schön, er möchte hier sterben. Mir wurde nun bewusst, dass dies vielleicht schneller ging als gedacht und ich wäre Schuld daran. Andererseits spürte ich, dass uns nichts passieren würde. Schließlich waren wir ja ein Teil der Legende. So hoffte ich zumindest. Wird schon werden, wollte ich ein Gespräch beginnen. Ich kam bis zum „schon" als ich einen Hieb in der Nierengegend spürte. Nicht allzu fest, aber ausreichend um zu wissen, besser ruhig zu sein. Er murrte etwas, dass uns klarmachte, Gefangene zu sein. Auch wenn wir nicht im „Käfig" saßen.

GÄSTE WIDER WILLEN

Nach einiger Zeit kamen wir an den Rand eines Dorfes. Ein Gebäude erhob sich über die blauen Dächer der anderen Häuser, die dagegen fast wie Spielzeug aussahen.

Atane viel zurück auf unsere Höhe. „Das ist mein Palast! Mein Dorf, mein Land."

Ich versuchte, ihm meine Anerkennung durch meine Mimik und einem wohlwollenden Nicken zu zeigen. Er war sichtlich stolz. Wir ritten durch ein Tor ins Innere.

Ein wunderschöner Innengarten, so groß wie ein Fußballfeld, mit bunten Pflanzen, Bäumen und Teichen angelegt, offenbarte sich uns. Wir stiegen ab.

Die Wachen kümmerten sich um die Mansars und den Wagen. Wir liefen mit Atane und zwei seiner Hauptwachen Richtung Hauptgebäude. Gärtner, die den Hof betreuten, verbeugten sich in Ehrfurcht vor ihrem Herrn. Es war mir nicht geheuer. Einerseits spürte ich die Angst im Dorf, als wir vorüber zogen und die Furcht der Gärtner und Bediensteten.

Und ich kannte Jefant´s Geschichte. Andererseits konnte ich die Schönheit des Hofes,

sowie die Freundlichkeit, die Atane uns spüren lies, nicht mit dem Atane, den ich mir vorstellte, verbinden. Auch Joe war sichtlich verwirrt.

„Ihr habt bestimmt Hunger?" fragte er, als wir das Haus betraten. Ohne unsere Antwort abzuwarten blickte er ein Mädchen an, von denen drei an der Türe zum Empfang bereitstanden. Ohne ein Wort machte sie sich auf den Weg.

„Das ist mein Haus." Er war sehr Stolz. Zurecht. Wir gingen die Halle entlang, die wir von Jefant´s

Beschreibung her kannten. Die beiden anderen Mädchen folgten uns in geringem Abstand. Ich sah die Sanduhr und sprach Atane direkt auf sie an.

„Ah, ein Relikt aus vergangenen Tagen. Nennt mich sentimental. Zeit hat hier keinerlei Bedeutung aber dennoch lasse ich sie stets wenden."

Ich nickte und beließ es dabei. Zeit ist hier irrelevant. Dennoch konnte er nicht umzu, seine Tage hier zu zählen. Die Eindrücke im innern des Hauses prasselten auf mich ein.

Wiederum sah ich Differenzen in meinem Bild von Atane. Nachdem wir die Halle durch eine Tür verließen, änderte sich schlagartig die Atmosphäre der Räume. War die Halle eher kühl gehalten, so behaglich kamen mir die folgenden Räume vor. Wandteppiche von unschätzbarem Wert, Gemälde, Skulpturen sowie Blumen und Pflanzen ließen eher auf einen freundlichen, zufriedenen Menschen als Bewohner schließen. Es passte so ganz und gar nicht zu dem Stil eines Tyrannen, obwohl man seine Macht bis ins kleinste Eckchen wahrnahm.

Vor sämtlichen Türen standen Kinder, deren einzige Aufgabe es war, diese zu öffnen und zu schließen. Ich dachte an die britische Garde. Jedoch waren dieses Kinder und ich konnte mir weitaus schönere Dinge vorstellen, als mir die Beine in den Bauch zu stehen, vor einer Tür, die ich vielleicht mit Glück einmal am Tag öffnete und wieder schloß.

Aber ich konnte mich ja auch täuschen. Vielleicht machten sie es ja auch freiwillig. Für ein oder zwei Stunden täglich. Vielleicht bekamen sie sogar was dafür.

`Ja, Schläge!` ... hämmerte es in meinem Gehirn. Ich blickte in die Augen eines Jungen, der uns just eine Tür öffnete. Nein - freiwillig tat er das ganz sicher nicht. Wir gingen hindurch und alle Gedanken waren beiseite gewischt. Auf einer Tafel vor uns stand der Schatz der Hungrigen! Blitzartig schoss mir die Spucke in den Mund. Ich hatte ein ganz schönes Loch im Bauch. Joe ging es seinem Aussehen nach ähnlich. Atane geleitete uns mit einem schmunzeln und einer großzügigen Geste an den Tisch.

„Lasst es euch schmecken".

Und das taten wir. Das Mädchen, dass zuerst verschwand, kümmerte sich um unser Wohl. War schon `ne komische Sache. Was wäre uns widerfahren, wenn wir nicht von unserer Welt kämen. Bislang hatte er auch noch nicht nach dem Stein gefragt.

Obwohl es genau das war, was er eigentlich wollte. Er saß einfach nur da und schaute uns beim essen zu. Keine Fragen. War es seine Höflichkeit oder dachte er eher Richtung Zeit? Er hatte alle Zeit dieser Welt. Er wusste, dass er früher oder später eh an den Stein kommen würde. Wir waren in seinem Revier. Keine Chance zur Flucht. Ich meinte, er hätte ihn uns, bzw. Joe einfach wegnehmen können. Unter der Folter hätten wir auch bestimmt alles gesagt, was er wissen wollte.

Ich war jedenfalls nicht traurig, dass es momentan noch so ganz gut lief. Das wichtigste war jetzt erst mal, dass ich ungestört mit Joe reden konnte. ich versuchte ihm klar zu machen, müde zu sein. Es fiel mir nicht schwer, denn wir waren beide ganz schön fertig. So ausgiebig hatte ich schon lange nicht mehr gegessen. Ich freute mich jetzt richtig auf ein Bett. Gerade als ich das Thema zur Sprache bringen wollte, ging die Tür auf und die beiden Mädchen, die uns anfangs folgten, kamen herein. Es fiel mir erst jetzt auf, dass sie gar nicht anwesend waren. Sie blickten auf Atane und nickten ihm unterwürfig zu.

102

Er schaute zu uns rüber. „Ihr seid bestimmt müde. Möchtet ihr etwas ruhen?"

Begeisterung machte sich breit. „Eure Zimmer sind gerichtet. Folgt den Mädchen. Sie geleiten euch. Sie werden vor eurer Tür harren. Wünscht ihr etwas, so sagt es ihnen. Sie werden euch dienen. Gebt ihnen eure Kleidung. Sie wird gewaschen werden, falls ihr es wünscht."

Ganz wohl war mir bei dem Gedanken ja nicht. Dennoch konnte ich nicht sagen, es wäre mir unangenehm gewesen, so verwöhnt zu werden. Was führte er bloß im Schilde?

Wir folgten den Mädchen. „Und jetzt?", Joe sah mich an. „Ich weiß auch nicht. So angenehm es bisher war, gefallen tut mir das Ganze nicht. Ich hätte auch lieber ein Zimmer mit dir geteilt. Was macht der Stein?"

„Leicht erwärmt", Joe griff in seine Tasche. Ich fuhr schnell mit meiner Hand auf seine. „Lass ihn stecken. Es ist bestimmt nicht gut, ihn zu zeigen. Ich denke, wir sollten zunächst auf Atanes Spiel eingehen. Gib ihm jedoch auf keinen Fall den Stein."

„Hältst du mich für blöd?" „Natürlich nicht, sorry." Wir waren da. Ein Junge öffnete die Tür. Eines der Mädchen nahm Joe an der Hand und zog ihn hinein.

„Wer zuerst erwacht, geht zum anderen, o.K.?"

„Alles klar", meinte Joe. Der Junge schloss die Tür und ich ging mit meinem Mädchen ein Zimmer weiter. Die Tür wurde geöffnet und wir traten ein. Die mollige Atmosphäre lud geradezu zum schlafen ein. Wirklich, ich dachte an Dornröschen. Hier hätte man ohne weiteres 100 Jahre selig schlafen können.

Auf dem Bett lag ein Pyjama bereit. Die Kleine packte meine Hand und zog mich in einen Nebenraum. Zu meiner Begeisterung sah ich eine gefüllte Badewanne.

Atane hatte wirklich an alles gedacht. Ein perfekter Gastgeber. Ich kam gar nicht dazu, weiter zu denken, als die Kleine, (vielleicht 12 Jahre) an meinen Klamotten rumzog.

„Ja, ja, nur Geduld", ich bin bestimmt nicht der schamhafteste Mensch, aber das war mir doch irgendwie fremd. Das Bad reizte mich sehr und so zog ich mich aus und sprang hinein. Die Kleine sammelte meine Klamotten auf, leerte die Taschen und brachte sie zur Tür. Dann kam sie zurück und fing an, mich zu waschen. Den Rücken, die Arme und Beine, sogar die Zehen - jeden einzelnen. Es war sehr angenehm. Ich war völlig entspannt. Sogar mein Kopf war leer. Es gab nur mich, die Wanne, das Mädchen, den Schwamm, und ihr leises Summen einer Melodie.
Ich wollte ihr gerade mitteilen, wie schön ihr Summen sei, als ich auch schon ihren Finger auf meinen Lippen spürte.
„Pssst..... Shang gar", sagte sie mit einer Stimme wie Honig nicht süßer sein konnte.
Obwohl ich nicht verstand, wusste ich, was sie meinte. Nachdem sie fertig war, forderte sie mich mit einem warmen Handtuch aus der Wanne. Sie trocknete mich ab, verdunkelte die Räume und verließ mit den nassen Tüchern mein Zimmer. Ich schlüpfte in den Pyjama, ging zu Bett und kuschelte mich in die Decken. Was auch als nächstes kommen würde, es wird sich zeigen! So schlief ich zufrieden ein.

DIE HÖHLE DES LÖWEN

Ein angenehmer Duft stieg in meine Nase. Regen, es roch nach Regen. Sehr frisch und belebend. Ich rieb mir den Schlaf aus den Augen und stand auf. Meiner Uhr zufolge, hatte ich fast 10 Stunden geschlafen. So lange, wie schon lange nicht mehr. Meine Sachen lagen frisch gewaschen auf einem mit blauem Samt bezogenen und aus einem Stück gefertigtem Stuhl, gebügelt und gestärkt. Es sah wie ein inszeniertes Stillleben aus.

Alles war in einer so perfekten Ordnung, dass es fast schon fanatisch schien. Ich ging ins Bad und genoss die Vorzüge einer Dusche. Es war die perfekte Verbindung zwischen unserer Zivilisation und der Schönheit dieses Landes. Atane hatte sich hier zweifelsohne ein Paradies geschaffen. Doch zu welchem Preis und wer musste dafür bezahlen?

Meine Euphorie schien mit dem Wasser der Dusche zu fallen. Nüchtern und sachlich zog ich mich an und ging vor die Tür.

Das Mädchen stand da, wer weiß wie lange schon. Niemand vor Joe's Tür, was mich leicht beunruhigte. „Komm mit", sagte sie. Ich fragte nach Tabor, aber sie griff nur meine Hand und zog mich, ihre Worte wiederholend, den Gang entlang zu dem Zimmer, in dem wir am Abend zuvor speisten. Ein Junge öffnete uns die Tür. Ich sah Joe mit Atane an dem Tisch sitzen. Atane erhob sich und fragte, ob ich Tee und frische Brötchen möge. Joe, der schon bedient war, grinste mich an. Ich sagte, dass es jetzt genau das richtige wäre. Atane bestellte mit einer Handbewegung mein Frühstück.

„Setz´ dich her, mein Freund. Ich lasse euch nun etwas alleine. Die Pflicht ruft und ihr habt bestimmt auch

105

einiges zu bereden. Fühlt euch wie zu Hause. Habt ihr einen Wunsch, so nennt ihn meinem Diener Talif. Ich habe ihn englisch gelehrt. Also ihr beiden, wir sehen uns später". So verließ er uns.

Das Frühstück war reichhaltig. Marmelade, Früchte, Wurst, Käse, Eier, kurz gesagt, wie bei Muttern. „Und - wie hast du geschlafen?" fragte ich Joe. „Wie ein Murmeltier und Du?"
„Ich auch. Warum hast du mich nicht geweckt wie abgemacht und was ist mit dem Stein?" „Als ich vor die Tür ging, um bei dir zu klopfen, machte mir deine kleine Freundin klar, dass Du dich gerade frisch machst und gleich nachkommen wirst. Dem Stein geht es gut. Er lag die ganze Nacht neben mir auf dem Nachttisch". Es lief mir eiskalt den Rücken runter, als ich das hörte. „Bist du irre? Wie leicht hätte man ihn dir wegnehmen können?"
„Ja, das stimmt schon, aber hätten sie dazu nicht genügend Möglichkeiten gehabt?"
Da war was Wahres dran. Aber warum nicht?
Auch die Tatsache, dass er uns Freunde nannte und uns alleine lies, gab mir zu denken. Aber was sollten wir tun? Es lag nicht in unserer Macht, das Spiel zu beeinflussen. Jedenfalls noch nicht. Wir beschlossen, uns mit einer gehörigen Portion Wachsamkeit treiben zu lassen. Die beiden Mädchen, die uns zugeteilt waren, standen ca. 3 Meter hinter uns.
Kein Mucks war von ihnen zu hören. Wie Maschinen, die auf >Standby< geschaltet waren. Im wahrsten Sinne des Wortes. Drei Jungen standen an den Türen, bereit diese gegebenenfalls zu öffnen und wieder zu schließen. Mit Talif waren also sechs Diener anwesend.
Trotzdem schien es, als wären wir alleine im Raum. Da wir uns in deutsch unterhielten, konnten wir ziemlich

106

sicher sein, dass uns niemand verstand. Als wir fertig waren mit dem Frühstück, öffnete der Junge die Tür, durch die unsere Speisen gebracht wurden. Zwei weitere Mädchen traten ein und räumten den Tisch ab. Es war sehr angenehm, jedoch blieb ein fader Beigeschmack. Ich bat Talif an unseren Tisch. Nach anfänglichem Zögern nahm er in respektvollem Abstand Platz.

„Du bist also der englischen Sprache mächtig?"

Er bejahte. „Wie gefällt es Dir hier?" Ich hoffte durch meine Fragen, Antworten zu bekommen, die zwischen den Worten lagen. „Nun", fing er an, „ich lebe hier, seit ich denken kann. Als Kind öffnete ich Türen, danach kümmerte ich mich mit anderen um das Wohl unseres Herren. Nun bin ich einer der Auserwählten, die seine Sprache erlernen durften und eigene Räume haben".

„Wie viel von euch gibt es?" fragte Joe.

„Fünf - zwei Frauen und drei Männer". „Was ist Eure Aufgabe?"

„Wir leiten die Wünsche unseres Herrn weiter und sorgen dafür, dass alles zu seiner Zufriedenheit ausgeführt wird."

„Und was geschieht, wenn er einmal nicht zufrieden ist?"

„Alles was getan werden muss, wird getan, von Kindes an. Jeder wächst in seine Aufgabe hinein und lehrt sie den Nachkommenden weiter. Sollte er also unzufrieden sein, wäre es sein Eigenes, dies zu ändern. Sollte jedoch die Schuld eines Dienenden feststehen, sei es Ungehorsam oder Aufruhr, so wird dieser, entweder an Ort und Stelle getötet, oder geprügelt. Sollte er die Prügel überleben, so wäre es Atanes Wunsch und man musste nun in die Außenwelt.

„Willst Du damit sagen, dass es eine Strafe ist nach draußen zu kommen?" .

„Ja - so könnte man es nennen. Wenn man es überlebt! Das sind aber nur ca. 40 %.

Die anderen 60% sterben unter den Schlägen der Wachen. Es ist also nicht schlechter, an Ort und Stelle zu sterben.

Seit ich hier bin, habe ich es vier mal gesehen. Einer starb gleich. Von den Anderen kam einer nach Draußen. Aber wie schon gesagt, solange man gehorsam dient, kann man hier ein sehr angenehmes Leben haben. Langsam entstand ein Bild in meinem Kopf, aber es war noch zu verschwommen. Ich fragte Talif: „Was weißt Du über uns?"

„Ich weiß, dass ihr von der Welt meines Herren stammt. Und ich weiß, dass Ihr Kufur, den heiligen Stein besitzt."

„Was weißt Du über den Stein?"

„Man sagt, Kotamar habe ihn Nathanael vermacht, um das Land vor Rutarmat zu schützen. Da Kotamar Nathanael den Stein aber nicht persönlich übergeben durfte, schickte Kotamar zwei seiner Getreuen, den Stein an einem Tempel im Wald zu hinterlegen.

Rutarmat belauschte das Gespräch und bestach einen der beiden Getreuen, den Stein nach seiner Niederlegung an sich zu nehmen, den anderen zu töten und den Stein Rutarmat zu überbringen. Was tatsächlich geschah, weiß man nicht. Jedoch hat man nie wieder etwas von den beiden gehört. Auch was mit dem Stein geschah, war ungewiss.

Kotamar schien die Absicht Rutarmat´s vorher zu sehen. Nur so lässt es sich erklären, dass der Stein der Legende nach, einmal durch das ganze Land ziehen musste, um seiner Bestimmung zu folgen und unter Nathanael das Land zu retten".

Ich fragte mich, was hier nicht stimmte. Alles schien in bester Ordnung zu sein, sah man von der Erzählung Jefants ab.

„Es scheint mir nicht so, als hättet ihr Angst vor Rutarmat. Auch sehe ich keinerlei Einfluss einer bösen Macht?"

„Ja, aber es war nicht immer so. Bevor Atane in unser Land kam, herrschte die Dunkelheit mit Seuchen, Unwettern und Hungersnöten. Das Land kannte keine Sonne."

Ich stand in Widersprüchen. Einerseits kannte ich das Gesicht, dass Jefant Atane zuschrieb und welches ich vermutete, andererseits musste Atane das Land mit seinem Auftauchen von der Dunkelheit befreit haben. Wie aber konnte sich das verhalten?

Es hätte einen Sinn ergeben, wenn Atane Nathanael wäre. Dies konnte jedoch unmöglich sein. Es hieß ja, Nathanael würde mit Hilfe des Steins das Land befreien. Nun, das Land schien befreit, doch den Stein hatte Joe. Das alles ergab wenig Sinn. Ich hing so in Gedanken, als ich Joe's Fuß gegen mein Schienbein treten spürte.

„Was ist denn los man?"

Joe zeigte auf seine Tasche. Der Stein leuchtete durch das Leder seiner Hose.

„Wird ganz schön warm, das Ding", meinte Joe. „Ich muss ihn raus holen."

Kaum hatte er dies ausgesprochen, zog er ihn auch schon hervor. Sein innerstes funkelte in tausend Farben. Es schien wie ein Freudentanz aus Licht und Farben.

Talif, die Jungen und Mädchen fielen auf die Knie, senkten ihr Haupt zu Boden und fingen an wie in Trance die Worte: „Tom bar rotal Nathanael lito da Kotamar." wieder und wieder zu sagen.

109

„Steck´ bloß den Stein wieder ein." Ich stand auf, ging zu Talif und zog ihn wieder auf die Beine. „Was ist denn in euch gefahren?" fragte ich ihn.

„Nathanael ist gekommen", erwiderte er.

„Was soll das? Du wusstest doch, dass Tabor den Stein hat?"

„Ja - das ist schon richtig, aber die Energie des Steins entfaltet sich nur unter Nathanael." Ich war ja schon verwirrt, aber das setzte dem Ganzen noch die Krone auf. Joe schaute mich an, als hätte er gerade einen Besen verschluckt und so fühlte ich mich.

„Talif - sag´ den anderen, sie mögen wieder aufstehen. Niemand darf auch nur ein Wort darüber verlieren. Hast Du mich verstanden?"

„Ja, Herr", er wandte sich den Dienenden zu und übersetzte meine Worte. Diese standen auf und nahmen in scheinbarer Ehrfurcht ihre vorherige Stellung ein.

Kaum hatten wir uns einigermaßen beruhigt, öffnete sich die Tür.

Zu unserem Erstaunen kam Jefant, von einer Wache gefolgt herein.

„Keine Bange, ...das ist mein alter Freund Sadik. Seid gegrüßt ihr beiden! Wie ich sehe, seid Ihr noch wohlauf."

„Sei gegrüßt, Jefant. Wie kommst Du hier herein?"

„Das tut momentan wenig zur Sache. Packt schnell eure Sachen. Ihr seid hier in großer Gefahr. Wir müssen so schnell wie möglich weg hier. Ich erkläre euch alles später."

Wir waren natürlich sehr überrascht, aber eine innere Stimme bewog mich, Jefant Glauben zu schenken. Joe sah zwar nicht sehr begeistert aus, aber auch er verstand.

Ich bat Talif unsere Sachen aus den Zimmern zu holen. Talif wandte sich den Mädchen zu und gab meine Bitte weiter. Kaum ausgesprochen, machten sich die Mädchen

eiligst auf den Weg. Augenblicke später hatten wir unsere Sachen und verließen die Räume. Jefant mit der Wache voraus, dann Joe, ich und Talif folgte.
Joe fragt Talif, warum er uns begleitete.

„Wenn Atane von eurem Verschwinden erfährt, ist mein Leben verwirkt."
Wir hatten gerade das Portal erreicht, als uns zwei Wachen den Weg ins Freie versperrten. Talif befahl Ihnen, uns den Weg freizugeben. Diese jedoch verliehen ihrer Aufgabe Nachdruck, indem sie ihre Speere bedrohlich gegen uns richteten.
„Tabor", rief Jefant, "zeig den Stein!" Kaum gesagt, hatte er ihn auch schon in der Hand. Kaum erblickten die Wachen den Stein, als diese auch schon auf die Knie fielen und anfingen, das Sprüchlein herunter zu rattern.
Sadik rannte zu den Ställen.
Jefant und Joe eilten dem Haupttor entgegen. Talif und ich wie im Sog hinterher.
Sämtliche Bedienstete fielen beim Anblick des Steins wie auf Kommando zu Boden.
Es erleichterte unsere Flucht um einiges und ich hatte gut zu tun, den Anschluss nicht zu verlieren. Wir hetzten eine Gasse hinunter, um kurz hinter einer Ecke zu stoppen.
Hokesch stand mit vier Mansars bereit. Kaum, dass wir uns begrüßen konnten, hörten wir auch schon Geschrei und das Brüllen der Mansars näher kommen.
„Schnell, steigt auf", rief Hoesch als zu unserer Freude Sadik auch schon auf einem der beiden Mansars um die Ecke kam. Das andere Mansar, dass er im Schlepp hatte, schob er Talif entgegen. Talif dankte mit einem Blick und stieg auf. Kaum, dass er im Sattel saß, verließen wir das Dorf in wilder Flucht.

111

AUF DER FLUCHT

Ist es nicht schlimm genug? In der einen Minute fühlt man sich pudelwohl, in der anderen ist man auf der Flucht? Aber nein, natürlich musste es genau jetzt anfangen zu regnen.

Ich war super mies gelaunt. Am liebsten hätte ich alles hingeschmissen. Warum musste ich Idiot auch unbedingt über die Berge? Hätte es nicht auch das Dorf sein können, oder auch das dahinter? Oder wie wäre es einfach wieder ganz zu hause zu sein?

Bei meiner Familie? Zum ersten mal musste ich an meine Familie denken. Was Luzy wohl so treibt? Ob es ihr in meiner Wohnung gefällt? Bei Pa wird sich nicht viel geändert haben. Er wird wohl nach wie vor zur Arbeit gehen. Aber gesehen hätte ich ihn doch gerne mal wieder. Und Ma natürlich. Ob sie wieder mal in Frokat war? Mit einem Schlag wurde mir wieder richtig bewusst, dass für sie ja nur Stunden oder ein, zwei Tage vergangen sein mussten. Vater arbeitete also noch, Luzy lebt sich gerade ein und Ma war ganz bestimmt noch nicht wieder auf Frokat. Ich ging etwas näher auf das Thema ein.

So Pi mal Daumen war Joe ca. drei Wochen wieder hier. Unsere Rückreise war längst geplatzt. Aber meine Mutter war ja sozusagen die Rückfahrkarte. Ihr durfte nur nichts passieren. Ich musste schlucken. Irgendwie fühlte ich mich unwohl. Ich wusste zwar nicht, wie sich die Zeit verschiebt und ob man sich, wenn man länger oder außerhalb der An- und Rückreisephasen befindet, der Zeit anpasst. Was hieße, je länger man hier ist, desto langsamer vergeht die Zeit auf unserer Erde.

So abwegig war mir die Theorie gar nicht. Angesichts Atane, der wie er sagt, 200 Jahre hier ist, aber tatsächlich nur vier Jahre vergingen.

Und wir in unserer Zeit? Hatten wir doch fast zwei Jahre an Fortuna gebaut. Sirkisil war noch nicht geboren. Zwei Jahre später jedoch schon ca. 12 Jahre alt.

Atane kam von unserer Welt, Sirkisil von dieser, welche Zeit nun auch für uns lief. Bestimmt hatte uns noch niemand vermisst. Dieser Gedanke traf mich tief in meiner Magengegend. Das Außenrum hatte mich wieder. Wie in Trance ritt ich den anderen hinterher. Es schien so, als befinden sich alle irgendwie in Ihren Gedanken.

Nur war ich wohl der Erste, der erwachte. Sozusagen. Schöne Kacke. Ich versuchte mich wieder in Gedanken zu verstricken, aber natürlich klappt so etwas nicht auf Befehl.

Wir waren nass bis auf die Haut. Unsere Schuhe, die Hosen und Hemden mit Schlamm bespritzt. Ich tröstete mich letzten Endes damit, dass ja alles mehr oder weniger jedenfalls, vorhergesehen war.

Der Regen wurde immer heftiger. Donner und Blitz ließen den Boden erzittern. Felder, die wie Seen aussahen, umgaben uns. Der Himmel war dunkler, als ich ihn je gesehen hatte. Es war Nacht auf Gilmesch, aber die Gegend kam mir bekannt vor. Wir waren nahe Lazars Haus. `Trocken und warm`, ging es mir durch meinen Kopf.

Aber auch: `schlechtes Versteck`.

Atane würde bestimmt nicht lange auf sich warten lassen. Andererseits Hokesch's Verrat. Und Lazar schien auch nicht sonderlich gerührt über unser ergreifen. Wie dem auch sei, früher oder später würde Atane bestimmt kommen. Ich hoffte nur, die Jungs hatten einen Plan. Wir waren schließlich da. Hokesch nahm unsere Mansars bei den Zügeln.

„Tam sebek den Kotamar". Mit diesen Worten verabschiedete er sich. Lazar bat uns in sein Haus. Ich fragte, was mit Hokesch sei und was er sagte.

„Hokesch wünscht uns Glück. Er muss ins Dorf zurück. Aber zieht erst mal eure nassen Kleider aus." Gesagt, getan und Lazar besorgte Decken für uns alle. Welch´ Vorteil den Regen vorher zu riechen, dachte ich so vor mich hin. Angewärmte Decken und der Tee war auch schon gebrüht. Was will man mehr?

„Setzt euch - es gibt viel zu reden".

Jefant stellte etwas zu essen und den Tee auf den Tisch. Lazar nahm eine kleine Kalebasse (siehe Bild) von einem Regal und gab ein paar Tropfen des Inhaltes, eine sirupähnliche Flüssigkeit, hinzu.

„Was ist das?" fragte Joe. „Das ist ein Extrakt des Hollywurz. Es beruhigt den Körper und gibt ihm neue Kraft". „Genau das, was ich jetzt brauche!"

Ich glaube, wir waren alle seiner Meinung. Der Ritt war mehr als anstrengend. Mein Gesäß fühlte sich an als hätte ich eine Tracht Prügel bekommen.

Lazar füllte unsere Becher. „Ich treffe noch einige Vorbereitungen. Wir müssen gerüstet sein für unsere Reise". Joe's Augen traten hervor. „Welche Reise? Die einzige Reise, die ich noch mache, ist zurück nach Frokat. Und das so schnell wie möglich. Ich hab keine Lust mehr, hier länger rumzuhängen."

Jefant legte seine Hand auf Joe's Schulter. „Beruhige dich Tabor. Was getan werden muss, geschieht zum Wohl unseres Landes. Der Stein hat dich auserwählt. Zeige dich seiner würdig." Unbeholfener Stolz spiegelte sich in Joe`s Augen wieder.

114

„Dann sagt mir aber endlich, was hier los ist", murrte er.

„Alles zu seiner Zeit! Zuerst möchte ich euch Torom vorstellen". Lazar ging ins Nebenzimmer. „Ich habe euch ja bereits erzählt, dass ich eine Zeit lang Atanes Gast war. Torom war damals ein enger Diener Atanes und mir zugeteilt."

Talif nickte stumm. „Ich erzählte ihm von meinen Erlebnissen aus Frokat und auch vom Leben außerhalb Atanes Palastes. Er war sehr interessiert. Auch ich wollte einiges wissen, zum Beispiel etwas über die Sanduhr. Und ich hörte Atane in fremden Worten mit ihm reden. So lehrte mich Torom, wie ihr wisst die Zeit und die geheime Sprache. Hätte Atane etwas geahnt, wäre es unser Tod gewesen. Eines Tages ertappte er mich jedenfalls, als ich gerade wieder dabei war, Lebensmittel nach draußen zu schmuggeln. `Das sei also mein Dank` sagte er und geleitet mich zum Tor.

Kaum ausgesprochen, spürte ich auch schon die ersten Schläge. Nun, ich habe es geschafft, wenn auch nur knapp. Hokesch und seine Familie retteten mir damals das Leben."

Die Pfeife ging Ihre Runden.

Jefant war also der eine, dem es gelang zu entkommen. `Wie klein doch das Land war`, dachte ich so vor mich hin.

„Ich war mir sicher", fuhr Jefant fort, „dass Torom, würde ich ihm erklären, worum es ginge, uns helfen würde!"

Torom erhob sich. In bestem Englisch sagte er: „Große Ereignisse stehen an. Ich bin Stolz, meinen Teil dazu beitragen zu können." Er hob seinen Becher und stieß mit uns an.

„Auch sehe ich einen Neuen in unserer Mitte. Du bist Talif - ich erinnere mich an Dich. Was war dein Grund uns zu folgen?"

„Ich sah den Stein und sein Leuchten - seine Schönheit. Außerdem wäre mein Leben nicht mehr viel Wert gewesen bei Atanes Rückkehr. Meine Dienste gehören euch".

„Sei willkommen Talif." erwiderte Jefant.

„Was ist mit Hokesch?" fragte Joe. „Er hat uns verraten. War es klug ihn gehen zu lassen?"

„Hokesch hat euch nicht verraten. Das heißt nicht wirklich. Als Hokesch uns verließ, um Lebensmittel zu besorgen, ging er zuerst zu Lazar und berichtete ihm. Lazar befahl Hokesch ins Dorf zu gehen und Lebensmittel zu besorgen. Er sollte keinen Hehl daraus machen, wofür er sie brauchte. Atane würde es erfahren und Hokesch stellen. Hokesch sollte Atane verraten, was Lazar ihm auftrug. So ist es geschehen."

„Aber warum?" fragte ich nach. „Zum einen war es klar, dass Atane euch suchen und finden würde - komme was wolle. Zum anderen musste sich Atane in Sicherheit wiegen, um Rutarmat die Neuigkeit zu überbringen, in Besitz des Steines zu sein."

Ich war total verwirrt. „Ich dachte, Rutarmat, Nathanael und Kotamar waren eine Art Götter, Geister oder sowas. Nicht fleischlich oder wahrhaftig. Wie kann Atane ihm also berichten?"

„Ich weiß es auch nicht, aber Lazar sagte, es würde so kommen. Wir planten eure Befreiung und machten uns auf den Weg. Wir mussten nur warten, bis Atane weg war. Den Rest kennt ihr." „Aber warum ließ Atane mir den Stein nicht wegnehmen? Und warum nutzte er nicht unseren Schlaf, um Rutarmat zu unterrichten. Diese Fragen kann ich Dir beantworten."

116

Lazar kam ins Zimmer zurück. Ich spürte eine Art Präsenz. Würde. Zum ersten mal sah ich diesen Mann bewusst. Der erste Blick zeigte einen normalen alten Mann, mit grauem, leicht gewelltem, schulterlangem Haar. Sein Gesicht war zum größten Teil von einem grauen Zottelbart bedeckt. Er trug eine dunkelblaue Mönchskutte. Schuhe hatten diese Füße noch nie gesehen. In seiner linken Hand hatte er einen Stock. Er war aus fast schwarzem Holz und schon sein Aussehen gab ihm die Festigkeit von Stahl. Man war geneigt, dem alten Mann den Stock zum Guten zu geben. Aber bei Gott, er hatte ihn nicht nötig. Er setzte sich zu uns und füllte seinen Becher mit Tee.

„Nun", begann er, „Atane hatte seit eurer Ankunft sicherlich keinen Schlaf und der Weg zu Rutarmat ist beschwerlich. Er musste sichergehen, dass ihr keine Veranlassung habt, sein Haus zu verlassen. Und solltet ihr doch danach verlangen, so hätten euch die Wachen sicherlich aufgehalten. Bis ihr bemerkt hättet, dass Atane weg ist, wäre er auch schon wieder zurück gewesen. Im Handgepäck des Schlächters. So konnte er euren Schlaf zu seinem machen."

Darüber nachgedacht, sah ich keine Veranlassung Atanes Haus zu verlassen.

Im Gegenteil, ich war zu neugierig auf Atane und mir ein Bild von ihm zu machen.

Ich hätte sicherlich, wenn überhaupt, erst einige Stunden später nach Atane gefragt. Talif hätte bestimmt eine gute Ausrede gehabt und ich wäre zufrieden gewesen. Um Joe brauchte ich mir diesbezüglich keine Gedanken zu machen. Das es ihm gefiel, sah ich seinem Gesicht an, als Jefant herein kam und zur Flucht blies.

Ich hatte das dumpfe Gefühl von einer Schippe gesprungen zu sein.

„Niemand kann Dir den Stein wegnehmen. Du hast bestimmt schon bemerkt, dass der Stein ein Eigenleben hat."

„Ja, er wurde des öfteren warm und funkelte..."

„Das sind die Seelen Kotamars und Nathanaels. Gefangen in dem Stein."

HIMBUK

Ich war völlig baff. Auch alle anderen in unserer Runde machten diesen Eindruck.

In ungläubiger Erwartung lauschten wir Lazar´s Worten.

„Ich bin Himbuk - Nachfahre meiner selbst. Ich sterbe, um geboren zu werden.

Und dies ist meine Geschichte. Ich diente Kotamar und diene ihm noch immer.

Vor 30 Leben gab er mir den Auftrag, den Stein für Nathanael ins Land zu bringen.

Nach seinem Tod würde seine Seele eins mit dem Stein werden. So könnte er Nathanael helfen, Rutarmat zu besiegen, sollte dieser zur Gefahr werden. Rutarmat ahnte wohl, dass etwas vor sich ging. Als Kotamar´s Körper starb, flossen seine Seele und deren Kraft, wie vorhergesagt in den Stein. Ich steckte in ein und machte mich auf den Weg.

Mein Ziel war der heilige Tempel im Wald bei Gilmesch. Nach langem Weg traf ich ein. Man erwartete mich schon. Rutarmat saß mit einer Horde seiner Gesellen rund um den Schrein, dessen oberstes den Stein einfassen sollte. Nathanael saß gefesselt und geprügelt zu Boden des Geschehens.

`Da bist du ja endlich. Ich hab schon viel zu lange auf dich gewartet. Gib mir den Stein.` Ich sagte, ich könne in ihm nicht geben. Ich hielt ihn fest in meiner Hand. `Er sei einzig und allein Nathanael bestimmt`, gab ich zurück. `Nun, mein Bruder hat sein Leben verwirkt. Also, den Stein.`

Während er dies sagte, deutete er eine Geste seiner Sippe, worauf einer Nathanaels Kopf vom Körper trennte. Fassungslose Starre übermannte mich. Wie zuvor auch bei Kotamar, floss die Seele wie auch die Kraft Nathanaels aus seinem toten Körper direkt in den Stein in meiner Hand. Rutarmat sprang auf, die Fäuste geballt und schrie: `Jetzt besitze ich sie Beide! Niemand kann mich mehr halten. Ihre Kraft wird die Meine sein. Mein Hass soll ihre jämmerlichen Seelen fressen. Das Land wird meine Rache führende Geisel sein.

Holt den Stein!` befahl er zwei seiner Gesellen. Es gab keinen Ausweg. Der Stein wurde so heiß, dass meine erste und zweite Alternative sich deckten. Ich schmiss den Stein mit all′ meinem Schmerz und all′ meiner Kraft in den Wald hinein. Das Letzte was ich sah, war der Hass in Rutarmat′s Augen und den Stahl der mich durchbohrte. Als ich erwachte, waren meine Wunden verheilt. Rutarmat war lange weg. Mein erster Gedanke galt dem Stein. Hoffentlich hatten sie ihn nicht gefunden. `Sei unbesorgt`, schallte es in meinem Kopf, als ich auch schon Kotamar und Nathanael vor meinem geistigen Auge sah.

Als der Stein meine Hand verbrannte, durchflutete mich ein Teil ihrer Kraft. Rutarmat′s Bemühungen, den Stein zu finden, waren vergebens. Dies machte ihn so wütend, dass er den Tempel mit einem Fluch belegte. Bevor Kufur je auf dem Tempel liegen würde, müsse er einmal durchs ganze Land und von einem Unwissenden aus der

119

anderen Welt auf seinen vorgesehenen Platz hinterlegt werden. Rutarmat wusste, dass der Stein keineswegs zu unterschätzen war. Doch seine wahre Macht, entfaltet er nur in der Hand seinesgleichen, oder eines Menschen dessen Liebe zum Land über den Tod hinaus ginge."

>>Hier möchte ich sterben<<, hämmerte es durch meinen Kopf. Joe's Worte auf dem Hügel machten ihn also zu dem einen Auserwählten.

„Um seinen Fluch zu untermauern, trennte er das Land zwischen Gilmesch und Frokat mittels einer gewaltigen Bergkette. Sollte also wirklich jemand Kufur finden und so der Zufall will, er das ganze Land durchstreift, so würde kein heimischer jemals seine Sperre durchbrechen. Kotamar befahl mir der Dinge zu harren. `Der eine wird kommen - zu passender Zeit. Wir werden bei ihm sein. Gib ihm das Wissen und halt dich bereit.`

Mit diesen Worten löschte sich das Bild in meinem Kopf. Ich machte mich auf den Weg zurück nach Frokat, wurde müde, schlief ein und erwachte am Tempel wie zuvor.
Hatte ich alles nur geträumt? Nun was sollte ich tun? Ich machte mich auf den Weg nach Frokat. So sehr ich mich auch anstrengte, ich schlief ein und erwachte am Tempel. Also machte ich mich auf den Weg Richtung Gilmesch.

Zunächst war ich sehr verwirrt, doch die Schatten lichteten sich im Laufe meiner Leben. Ich führte ein normales Leben auf Gilmesch. Lernte die Sprache, nahm eine Frau zur meinen und zeugte einen Sohn, bei dessen Geburt ich starb. Im Wandel vom Jungen zum Mann erwachte das Wissen in mir. Ich wuchs heran, verliebte mich, zeugte einen Jungen und starb bei seiner Geburt. Die Geschichte wiederholte sich und ich lernte daraus.

120

Seither lebe ich zurückgezogen. Ich nutze die Kraft der Natur um zu heilen, soweit es in meiner Macht steht. Auch bei Streitigkeiten oder anderem ist mein Rat gerne willkommen. Ist meine Zeit reif, nehme ich mir eine Frau, zeuge ein Kind mit ihr um so, wieder geboren zu werden. Ein jedes mal als Sohn. Ich wachse heran und gehe meinen Weg. So konnte ich das Wissen erhalten und euch berichten.

Rutarmat jedoch zog sich zurück. Seine Macht begrenzte sich auf Gilmesch und Sembar. Aber dort mit ungeahnter Härte. Ein Leben in Dunkelheit und Hunger. Krankheit und Not. Dies änderte sich, als Atane auftauchte. Rutarmat sah seine Macht bedroht, konnte doch der Aussenweltler seinen Fluch brechen. Atane wusste natürlich nicht, worum es ging.
Rutarmat verließ die Welt des Geistigen und traf Atane. Vielleicht hatte er Respekt vor der Außenwelt. Jedenfalls tötete er Atane nicht - im Gegenteil.
Er machte ihn zum Herrscher Gilmesch's und somit zu einem seiner Werkzeuge.
Um Atane die Sache schmackhaft zu machen, löste er die Ketten um Gilmesch. Die Dunkelheit ging und mit ihr das größte Leid. Beeindruckt von der Macht Rutarmat's nahm Atane sein Schicksal Hände küssend an. Rutarmat verlies das Weltliche, wissend, einen ergebenen Diener hinterlassen zu haben."

„Ich liebe das Land, zumindest liebe ich Frokat, aber um zu sterben bin ich nicht hier her gekommen." entfuhr es Joe. „Keine Sorge", erwiderte Lazar, „euer Leben schütze ich mit dem meinen. Aber dennoch, nur du bist bestimmt, Kufur an seinen Platz im Tempel zu legen. Niemand anderem vermag es zu gelingen und Du musst,

121

komme was wolle, dein Leben für das Wohl des Landes einsetzen. Versagst du dich, wird Rutarmat den Stein bekommen und das Land wird untergehen. Also - überlege und handle. Dieses gilt im übrigen für alle von euch. Seid ihr bereit, das Land zu befreien?"

Ich für meinen Teil war überzeugt, das richtige zu tun. Außerdem war ich zu neugierig.
Wann erlebt man schon mal ein Abenteuer, wie dieses? Und außerdem, was soll nach all´ dem noch schief gehen? Die Legende erfüllt sich, das Land wird befreit und alle sind glücklich. Basta!
Ich wusste selbst nicht recht, ob ich meinen Gedanken glauben sollte. Zumindest hoffte ich innigst darauf.
„Nun gut", grinste Joe, „lasst uns Helden sein". Er hob uns seinen Becher entgegen, worauf wir anstießen und uns gegenseitig Glück wünschten.

AUF ZU GROßEN TATEN

„Wohl an, dann lasst uns keine Zeit vergeuden. Eure Kleidung ist getrocknet, zieht sie an und lasst uns los."
Autsch, das tat weh. Gerade fühlte ich mich mollig erholt. „Wie jetzt...?? So bums?
Ich dachte, wir verstecken uns eine Weile hier. Zumindest, bis der Sturm aufhörte und die Mansars hat Hokesch doch mitgenommen."
Lazar erhob sich: „Wir könnten sie sowieso nicht gebrauchen. Sie würden uns behindern und verraten. Was den Sturm angeht, er ist Rutarmat´s Bote. Wir gehen den gleichen Weg zurück, den ihr kamt."
Oh nein - in dem Sturm, die Felsspalte, die Schlucht, dann der Wald und dann auch noch bis zum Tempel? Oh nein. Das durfte alles doch nicht wahr sein ?!?
Sollte mich zuvor keiner töten, so hätte ich mit Sicherheit spätestens bei der Ankunft des Tempels einen Herzinfarkt. Ich meine, ich fühlte mich frisch. Wenn man bedenkt, dass wir nach den Strapazen unserer bisherigen Flucht kaum eine Stunde hier waren. Aber was da jetzt noch vor uns lag???
Unsere Kleidung war tatsächlich trocken. Ich wunderte mich schon etwas, als Lazar kurz nachdem wir ihm unsere nassen Kleider gaben, diese mit einer Art zerkleinertem Laub bestreute. „Ihr wisst doch - die Kelchblume. Die Fasern ihres Samens saugen innerhalb kurzem jegliche, sich bietende, Feuchtigkeit auf. So auch diese."
"Prima Wäschetrockner", grinste Joe.
„Jefant der, da Joe deutsch sprach, nichts verstand, schaute uns an.

„Sakat dim Wäschetrockner?" Es klang sehr komisch und wir mussten nochmals lachen. Ich sagte Jefant, es sei so etwas ähnliches, wie ihre Fasern.

„Jeder nimmt sich noch einen Beutel." Lazar zeigte auf den Boden. Sechs blaue Beutel in verschiedenen Größen. Er band einen großen auf die eine und den kleinen auf die andere Seite seines Stockes. Jefant nahm einen mittleren und gab Torom, dem kräftigsten unter uns, einen großen. Für Talif und mich gab es mittlere. Joe ging leer aus. Er müsse den Stein hüten. Den Stein hüten... nun dieser lag nach wie vor in Joe's rechter Hosentasche und wärmte seine Eier... und die Belohnung war, nichts schleppen zu müssen. Nun gut. Allzu schwer war der Beutel ja auch nicht. Also schulterte ich ihn ohne Kommentar. Dann also ab nach vorne. Joe schien gefasst.

„Lazar", meinte er, „wie hieß das Zeug in der Flasche?"

„Hollywurz", erwiderte dieser. „Vergiss das bloß nicht mitzunehmen!!!" Alle lachten.

„Keine Sorge Tabor, ich habe reichlich dabei", schmunzelte er zurück. Ich war sehr angetan ob dieser Aussage! Tief Luft geholt und los ging's. Jefant öffnete die Tür und der Sturm nahm uns in Empfang.

Trotz des beschwerlichen Weges, kamen wir gut voran. Das Zeug war nicht von schlechten Eltern. So waren wir noch bei guten Kräften, als wir die Felsspalte erreichten. Lazar und Jefant berieten kurz. „Lazar wird uns führen", berichtete Jefant. Dann Joe und ich, er selbst, dann Talif und zum Schluss Torom.

Lazar gab jedem von uns einen Gürtel mit einem Holzring an der Seite.

„Zieht das Seil durch die Ringe. Es wird sicherlich hilfreich sein. Der Sturm bringt zusätzlich Wasser in den Riss und erschwert unseren Weg."

124

Lazar zog den Anfang des Seiles fest um seinen Stab, an dem wir nun wie Perlen an der Kette hingen, schulterte diesen und ging los.

Es war ja das erste mal schon beschwerlich, aber jetzt? Das zufließende Wasser, dass sich mit dem Schlamm des Bodens mischte, reichte stellenweise bis zur Brust. Die Füße versanken bei jedem Schritt im Boden und schienen schwer wie Blei. Der Gedanke an eine Glasscherbe im Schlick, lies mich schaudern.

Die Hitze und die Anstrengung trieben den Schweiß in Strömen aus uns heraus und jeder gab sein absolut Äußerstes. Doch ohne Lazar wären wir allesamt jämmerlich ersoffen.

So schafften wir es also lebend auf die andere Seite.

War es fast windstill in der Spalte, so pfiff uns jener auch gleich wieder um die Ohren. Der Regen drückte den Nebel zurück, so dass man etwas weiter sehen konnte. Und das, obwohl es um einiges dunkler war, als beim ersten mal. Klitsche nass, etliches Wasser geschluckt und völlig fertig sank ich zu Boden.

„Komm Legar", Lazar reichte mir seine Hand.

„Nur noch das Stück zur Höhle. Sie gewährt uns trockenen Schutz."

„Ja, man, nur jetzt nicht schwächeln. Schau´ dir den Alten an. Zieht uns durch den Riss und trägt den größten Beutel, als sei es ein Pfund Zucker".

Und wirklich - hätte ich es nicht mit eigenen Augen gesehen ....

So zog ich mich an den mir gereichten Händen auf die Beine. Ich schaute Joe an, er schaute mich an, wir schauten uns an und mussten lachen.

Wir waren bestimmt ein Bild für die Götter. Kurzzeitig war unser Geist abgelenkt.

125

„Lasst uns weiter gehen und achtet immer auf den Schritt eures Vordermannes."

Das Seil, welches uns verband, gab mir etwas beruhigendes - wenn auch nicht viel.

Der Regen, der gegen den Fels schlug, lief an ihm herunter und floss über den Weg und unsere Füße in die Schlucht. Ohne Seil? Ein Ausrutscher und aus und vorbei das Ganze. Also folgte ich hochkonzentriert den Schritten Joe's, bis wir endlich die Höhle erreichten. Es roch zwar immer noch nach Schwefel, aber wie gesagt. Zumindest war es trocken und warm.

Lazar nahm eine Flasche und einen Becher aus seinem Beutel. „Zieht eure nassen Kleider aus. In Legar´s und Talif´s Beutel befinden sich Gewänder für jeden von Euch. Ich braue uns derweil einen Tee."

Tee fand ich war eine gute Idee. Besonders mit dieser Hollywurz versetzt.

Lazar hatte seine halbe Küche im Gepäck. In aller Gemütsruhe bereitete er eine Kochstelle. Ich öffnete meinen Beutel und gab Joe und Jefant, sowie mir selbst eine der Kutten und zog sie an. Es waren die gleichen, die Lazar trug. Sie war sehr angenehm auf der Haut. Fast wie Seide, aber kräftiger in der Struktur. Es war zwar warm in der Höhle, doch das Gewand erwärmte sogleich meinen fröstelnden Körper. Es war aus den Federn des Panteps. Fein gewebt hatte es also nicht nur auf Dächern seinen Nutzen.

Ich legte meine Sachen zu denen der anderen zum trocknen auf den warmen Boden der Höhle. Draußen tobte der Sturm unvermindert weiter. Der Gedanke, sich diesem wieder aussetzen zu müssen, bereitete mir wenig Freude. Und dennoch, es war unvermeidlich. Ich ging zum Eingang der Höhle und starrte in den Sturm hinaus.

126

Der Weg bis in den Wald ist nicht der sicherste und wir brauchen bestimmt mehrere Stunden. Dann bis zum Tempel sicherlich noch einige Tage. Nette Aussichten, sieht man davon ab, was uns sonst noch alles erwarten würde. Jefant trat neben mich.

„Rutarmat scheint schlecht gelaunt."

„Wenn er seine schlechte Laune so ausdrückt, möchte ich ihn nicht böse erleben."

Jefant grinste. „Komm, der Tee ist gebraut und etwas zur Stärkung ist auch bereitet."

Wir gingen zurück und setzten uns zu den anderen in den Kreis. Lazar reichte mir einen Becher und eine Scheibe Brot.

„Es ist anzunehmen, dass Rutarmat mittlerweile Bescheid weiß." begann er. „Sicher ist er schon unterwegs zu meiner Hütte. Er wird sich nicht lange aufhalten und gleich weiter zum Wald reiten. Die Felsspalte gibt uns zwar etwas Vorsprung, dennoch müssen wir uns sputen. Er schickt bestimmt einige seiner Getreuen durch die Spalte, um uns zu finden. Tabor, zeig mir Kufur, den Stein der Macht."

Joe zog ihn aus seiner Tasche. Lazar streckte ihm seine Hand entgegen. Ihre Fläche war voller Brandnarben. Selbst diese hatten sich ihm weiter vererbt. Lazar umgriff den Stein, der von seiner dunkelroten Farbe in eine trübe hellgrüne wechselte. Augenblicklich fiel Lazar in eine Trance. Seine Augen schlossen sich, sein Kopf fiel nach vorne und ein tiefes Summen erfüllte die Höhle. Ganz langsam bildete sich ausgehend von Kufur, eine Aura aus hellem Blau um Lazar. Als diese sich schloss, erwachte Lazar aus seiner Lethargie, Die Aura war verschwunden und der Stein wieder in gewohntem Rot. Er gab Joe den

127

Stein zurück. Seine Handfläche zeigte keinerlei Verbrennungsspuren mehr.

„Hokesch ist tot", sprach er. „Atane hat ihn in blinder Wut getötet. Rutarmat und er sind nahe meiner Hütte. Sie werden sich nicht lange aufhalten. Wollen wir den Erfolg unserer Reise nicht gefährden, müssen wir unverzüglich weiter."

Während er dies sprach, löschte er die Kochstelle mit dem Rest aus der Kanne, räumte seine Küche ein und schulterte diese.

„Ich werde wieder voran gehen. Torom bildet den Schluss unserer Gruppe."

„Was ist mit unseren Klamotten?" fragte Joe.

„Die sind noch nicht trocken." „Lasst sie hier. Wir können nicht warten, bis sie getrocknet sind. Zudem ist es mir ganz recht, dass Legar ohne Beutel weiter geht. Es ist bestimmt kein Nachteil, beide Hände frei zu haben."

Ich war ganz seiner Meinung und warf einen letzten Blick auf unsere Klamotten, während wir uns anseilten. Und schon ging's Richtung Ausgang der Höhle. Natürlich hielt der Sturm unvermindert an. Also - tief Luft holen, Kapuze auf und raus in Wind und Wetter.Der Regen perlte am Gewand ab. Der Wind trieb ihn jedoch wie Nadeln ins Gesicht und über den Hals ins innere. Kaum wieder auf dem richtigen Weg, war ich wie die anderen schon wieder völlig durchnässt.

TOD UND TEUFEL

Stumpf folgte ich Joe`s Schritten. Ein Bein vor das andere. Wieder und wieder.

Jeder war voll und ganz mit sich selbst und seinem Kampf mit dem Sturm beschäftigt.

Trotzdem fühlte ich mich relativ entspannt und locker. Dennoch... hochkonzentriert platzierte ich jeden meiner Schritte. Ich weiß nicht mehr, wie lange wir schon gingen. Die Stoppuhr hatte ihren Geist aufgegeben und lag tief in der Schlucht, als auf einmal hinter uns ein Schrei ertönte. Aufgeschreckt blickte ich hoch, als sich Lazar auch schon an mir vorbei drückte.

„Übernimm` du die Führung, Jefant. Ich habe mir schon gedacht, dass Rutarmat einige von Atanes Wachen durch den Spalt schicken wird. Wie viele es auch waren, einer weniger. Ich denke, wir können es bis in den Wald schaffen, eh sie bei uns sind. Vielleicht haben wir Glück und ein weiterer findet sein Ende im Tar Agar. Ich bleibe den Rest des Weges hinter euch. Seilt euch frisch an und achtet auf sicheren Halt.“

Ich hoffte im Stillen, dass vielleicht der ein oder andere schon im Riss ersoffen war, was bestimmt nicht auszuschließen war.

In neuer Reihenfolge machten wir uns also wieder auf den Weg. Der Nebel verdichtete sich langsam, als Jefant stoppte. „Wir sind nahe am Wald. Tastet euch am Fels entlang zur anderen Seite und achtet auf jeden eurer Schritte. Geht so dicht wie möglich am Fels, dann sehen wir uns auf der anderen Seite wieder. Also - wohl an.“

So gingen wir in den Nebel. Der Regen hatte keine Chance. Fast hätte man meinen können, der Nebel fraß ihn. Nur vereinzelte Tropfen schafften es noch zu uns

hindurch, bis auch diese ausblieben. Die Luft war so feucht, dass auch das atmen an sich schon eine Strapaze war. Aber dann noch eingehüllt in diesem Wattebausch aus weiß... so dicht, dass man die Hand vor Augen nicht mehr sehen konnte und das auf einem Grat, der
wer weiss wie schmal war und wer weiss wie tief?
Plötzlich war es mir ganz recht, nichts mehr sehen zu können und ich wollte auch gar nicht mehr darüber nachdenken, wie tief es denn sein könnte. Ich musste mich ja nur an Jefant`s Anweisungen halten. Dann konnte gar nichts passieren. Und ich hielt mich zu einhundert Prozent daran. Mit Händen, Bauch und Gesicht am nassen Fels entlang schmierend, krallte ich mich, am Seil hängend, in jede sich bietende Gelegenheit, hinter Joe den Fels entlang. Langsam lichtete sich der Nebel und die Sicht wurde besser, bis der Nebel sich ganz im Wald verlor. Wir trennten uns vom Seil und beglückwünschten uns gegenseitig, heil angekommen zu sein, als Lazar das Wort ergriff: „Ich gehe zurück in den Nebel. Torom, gehe in diese Richtung. Gehe langsam. Halte deine Sinne wach und deine Ohren offen. Lausche den Vögeln. Ihr Lied gibt uns Sicherheit. Such` nach einen geeigneten Platz für unseren Schlaf und warte dort, bis wir eintreffen. Ihr anderen wartet hier, bis ich zurückkomme."
Torom nickte kurz und verschwand im dichten Grün, ebenso wie Lazar im Nebel.
„Er ist sich ziemlich sicher, zurück zu kommen, oder täusch` ich mich?"
„Keineswegs, Tabor", erwiderte Jefant. „Lazar weiß, was er tut. Und wenn er sagt, er kommt zurück, dann kannst du dich darauf verlassen!"
So warteten wir also, was da so kommen mochte. Und gegen eine Verschnaufpause war absolut nichts

einzuwenden. An Ort und Stelle ging ich zu Boden. Die Kutte hing nass und schwer an mir. Dennoch hielt sie das bisschen Körperwärme, dass ich noch hatte. Meine Füße jedoch waren verdammt kalt - schneeweiß und von tausend Nadeln gestochen, versuchte ich, wie die anderen, diese durch rubbeln zu wärmen.

Sagte Lazar etwas von Schlaf? Wie schön war mein letzter und welche Hölle wird dieser sein. Jetzt einschlafen und zu Hause aufwachen. Schön bei Muttern frühstücken und dann den Tag langsam angehen lassen. Herrlich. Doch wahrscheinlicher würden mit die Füße abfallen oder ich würde erfrösteln.

Meine momentane Körpertemperatur konnte sich ja nur vorteilhaft auf das Ganze auswirken. Und wer weiß - vielleicht musste ich ja eh abtreten? Besser so, als durchbohrt zu werden oder ähnliches. Und zum Einschlafen brauch` ich bestimmt auch nicht lange. Aber wer ist schon erfröstelt? Also - was soll's?

Es waren bestimmt vierzehn oder fünfzehn Stunden seit dem letzten Schlaf bei Atane vergangen. Die härtesten meines Lebens. Ich dachte gerade an das schöne Frühstück, als plötzlich ein Schrei, kurz gefolgt von einem weiteren, den Nebel durchdrang. Noch ehe sie verklangen, folgte ein dritter, vierter, und fünfter. Dann..... Stille. Keiner der Schreie hörte sich nach Lazar an, was mich sehr beruhigte und ein wohliges Gefühl von Stärke in mir reifen lies. Gespannt und voller Erwartung blickten wir in den Nebel, bis dieser Lazar freigab.

„Schon zurück?" fragte Joe mit einem Ausdruck, der eigentlich gar keiner war. Vielleicht so, als wolle er sagen, >>Schön, dann lasst mich einfach hier liegen und sterben. Ich wünsche euch noch eine gute Weiterreise. „Ich traf sie im Nebel", erwiderte Lazar trocken, „und nun folgen wir Torom."

131

Widerspruch oder Gejammere hätte eh nichts geholfen. Also stand ich auf und folgte Lazar. Talif nahm das Seil, dass wir nun nicht mehr brauchten vom Boden, wickelte es auf und hetzte dann, die Angst im Nacken, die paar Meter die uns trennten, nach.

Ich dachte an Torom. Um nichts in der Welt hätte ich mit ihm tauschen mögen.

Und ihm war sicherlich auch nicht wohl. So gingen wir also immer tiefer in den Wald hinein. Vom Sturm war hier, außer dem pfeifen des Windes, nichts zu merken. Der Wald hatte sein eigenes Klima. Feucht und frisch! Eine wirklich nette Kombination.

Ich tröstete mich damit, dass es den anderen auch nicht besser ging.

Es war ein verdammt schwacher Trost. Ich hing so meinen Gedanken nach, als wir endlich auf Torom trafen. „Hier ist ein guter Platz zum rasten", sagte er. „Es stehen einige Kettnar- pflanzen in der Nähe und der Boden ist eben und weich."

Lazar rief Jefant zu sich und redete mit Ihm. Jefant nickte kurz und kam dann auf uns zu. „Lazar und Talif kümmern sich ums Essen. Torom und Tabor schlagen Feuerholz und wir beide richten das Lager zum schlafen her."

Er drückte mir eine Art Machete in die Hand und ein „folge mir" durch seine Lippen und ging. Ich folgte ihm. Nach 5-6 Meter hielt er an. „Das sind die Sträucher der Kettnarpflanze, die wir suchen." Wir standen vor einer Pflanze, deren Blätter rund um den Stamm vom Boden ab nach oben wuchsen.

Diese waren etwa zwei Meter lang und öffneten sich obenhin nach außen. Jefant schnitt das äußere Blatt am Stamm herum ab und entfaltete es.

132

Fast fünfzig Zentimeter Breite ergaben sich. Ideale Liegefläche dachte ich.

„Wir können nur die obersten zwei Blätter eines Strauches nutzen. Die Blätter werden zu schmal und dem Strauch würde es schaden. Diese Blätter haben des Weiteren einen großen Vorteil. Sie halten die Wärme.

„Welche Wärme?" dachte ich. „Ein Blatt als Matte und eines als Decke bringen uns erholsamen Schlaf."

„Dein Wort in Kotamar`s Ohr Jefant".

Ein Hauch von Freude durchzog meinen Körper. Mir war zu bewusst, wie Joe und ich bei unserem Weg durch den Wald schliefen. Ich brachte immer zwei Blätter ins Lager, während Jefant die umliegenden Sträucher beschnitt. Das Feuer brannte schon. Ich sah, dass Joe damit beschäftigt war, bestimmte Hölzer zu sammeln. Wie ich sah, hatten diese den Vorteil, raucharm zu brennen. So langsam sammelten sich alle wieder.

Lazar schnitt einige Wurzeln und Kräuter in einen Topf und schob ihn auf den Rost.

„Talif, gib das Fruchtfleisch der Akansis dazu und verrühre es gut."

Diese und eine weitere Frucht, derer da lagen kannten wir schon.

Die Akansis war faustgroß, außen hellgelb mit dunkelgrünen, linsengroßen Punkten. Das Innere war dunkelgelb und sehr fleischig. Geschmacklich ein Avocado-Mango-Mix vielleicht. Drei derer und man war satt. Talif halbierte die Akansis und kratzte das Fruchtfleisch, ohne die Schale zu verletzten, in den Topf. Die andere war violett, 20 – 25 cm lang, ähnlich einer Banane. Das Innere besaß fest Aneinandergereihte, leicht rötliche Fruchtzapfen. Ich wunderte mich etwas. Torom

133

saß auf dem Boden und presste den Saft in einen Krug, der neben Lazars Topf auf dem Rost stand. Man musste die Frucht doch nur oben abbeißen und den Saft in den Mund pressen. Schon hatte man einen wohlschmeckenden Erfrischungsdrink. Nicht, dass man hier etwas erfrischendes gebraucht hätte. Es war frisch genug, aber es hatte Geschmack und war flüssig. Ich konnte mir nur nicht vorstellen, dass es warm besonders gut schmecken sollte.

Jefant nahm uns beiseite: „Diese Frucht nennen wir Pallra".

„Kalt genossen erfrischt sie die Sinne. Erwärmt man sie jedoch, ermüdet sie einen und bringt erholsamen Schlaf."

„Mit dem Schlaf habe ich die geringsten Probleme", gähnte Joe. „Sag mir lieber, was ich mit der nassen Kutte anfangen soll. Ich dachte, die sei wasserdicht."

„Das ist sie auch, nur kann das Wasser, welches an ihr haftet, von innen wie außen, bei diesem Klima nicht verdunsten. Gedulde dich noch etwas. Lazar ist gleich mit dem Essen fertig. Wir trinken etwas Pallra dazu und sobald uns etwas wärmer ist, ziehen wir das Wasser mit den Samenfasern aus meinem Beutel aus den Kutten.

Lazar rührte den Inhalt des Topfes noch einige male um, würzte mit etwas aus seinem Beutel und stellte ihn in unsere Mitte. Talif gab jedem eine der gehöhlten Schalen, die sich als prima, vielleicht etwas große Löffel erwiesen und wünschte guten Appetit. Und den hatten wir auch. Ich schaufelte mir den gelblichen Brei, der um einiges besser schmeckte als er aussah, rein und spülte dazwischen immer mal mit einem Schlückchen warmem Pallra nach. Das Frösteln verließ langsam meinen Körper und meine Füße bekamen auch wieder Farbe. Nur Lazar trank das Pallra kalt. Gut gesättigt und leicht müde zog ich, wie auch die anderen, meine Kutte aus und gab sie in den Sack mit den Fasern.

Lazar verschnürte ihn und legte ihn dann zur Seite.

"Nun legt euch hin. Ich bewache euren Schlaf. Splitter nackt legten wir uns also auf die Blätter und deckten uns auch mit diesen zu. Langsam staute sich die abgegebene Körperwärme und wieder hatte ich dieses wohlige Gefühl, welches durch meinen Körper huschte. Ich schaute Joe an, der sich in die Blätter kuschelte als wären es die feinsten Betten aus Samt und Seide.

„Prima Schlafsack, was?", grinste ich ihn an. Ertappt grinste er zurück. „Und wir schnatterten uns in den Schlaf." Erinnerte er mich, obwohl das beim besten Willen nicht nötig war. Der Gedanke zurück und an das, was noch vor uns lag, war gleichermaßen unbehaglich. Andererseits mussten wir eh durch den Wald, um überhaupt wieder zurück nach Frokat zu kommen, ohne das ganze Land durchqueren zu müssen.

...falls wir es denn schaffen sollten. Dieser Gedanke trieb etwas sehr unangenehmes durch meinen Körper. Ich schauderte kurz und schob dann diesen mit einem leicht verzweifeltem >wird schon werden< beiseite.

Jefant zog seine Pfeife hervor. Ich bekam richtig Schmacht und Joe war auch sehr angetan, wie ich sah. Die letzte Zigarette lag meilenweit zurück. Ein gieriger Blick genügte und Jefant verstand: „Ich werde uns eine schöne Pfeife stopfen", lächelte er.

Aber noch ehe ich an der Reihe war, war ich bereits eingeschlafen.

TAGE WIE DIESER

Ich weiß nicht, wie lange ich geschlafen hatte. Lange kann es nicht gewesen sein. Drei, vier Stunden vielleicht. Jedenfalls war ich noch ganz schön müde, als ich meine Augen öffnete und Joe sah, der mich dezent schüttelnd zum aufwachen forderte.

„Komm Alter, wir müssen weiter." Schlaftrunken und mit jeder Menge Sand in den Augen schaute ich mich um. Natürlich war es hell. Es war ja immer hell. Ich hätte eine Stunde schlafen können und hätte es glauben müssen, wenn mir gesagt worden wäre, es waren zwanzig. Na ja, vielleicht etwas übertrieben, aber vom Sinn her?

Ich war also wach - oder sollte es zumindest werden. Talif gab mir eine Schale.

„Wieder eine von Lazar´s Mixturen." Talif grinste nur zurück. Ich setzte an und zog den Saft in einem Zug hinunter. Pallra und Hollywurz konnte ich schmecken, sowie etwas minzeartiges. Als Komposition nicht unbedingt schmackhaft. Doch fast augenblicklich durchflutete eine Art Energie meinen Körper und ich war wach. Jefant reichte mir meine Kutte, die, wie nicht anders erwartet, trocken war.

„Wohl geschlafen?" erkundigte er sich, während ich die Kutte umband.

„Etwas zu kurz vielleicht", entgegnete ich. Jefant lächelte.

"Gib mir deine Füße," sagte er. „ und schau genau zu."
Aufmerksam verfolgte ich, wie Jefant etwa 10 cm breite Bahnen der Länge nach, von meiner Kettnardecke abriss.

„Stell deinen Fuß hierauf." Ich stellte meinen Fuß etwa in die Mitte des Bandes. Jefant klappte das vordere Ende über meinen Fuß und umwickelte dieses mit einem zweiten bis zur Hälfte meines Schienbeines, wo er die Enden mit einander verband. Wie ein warmer Strumpf umhüllte das Kettnar meinen Fuß. Es fühlte sich sehr gut an. Ich bandagierte unter Jefants Aufsicht meinen anderen Fuß und stand auf. Alle anderen hatten ihre Beine schon umwickelt und so schien es, dass sie nur auf mich warteten.

Die Bündel waren geschnürt und hingen zwischen Lazar und Torom - an Lazars Stab. Mit einer Geste machte ich klar, dass auch ich nun bereit war. Ich muss anmerken, das seit meinem Erwachen bis zu meinem ersten Schritt, kaum mehr als fünf Minuten vergangen waren. Aber wie gesagt, ich war wach. Ich vermisste nicht wirklich meinen Muskelkater. Eigentlich hätte er in vollen Zügen meinen Körper schmerzen lassen müssen. Doch nichts dergleichen. Ich fühlte mich einfach fit.
„Und, wie geht's dir so?" fragte ich Joe. „Wenn ich davon absehe, wie es mir gehen *könnte*, eigentlich ganz gut."
„Was meinst Du? Denkst du nicht auch mal an die Zeit bei Tekarr, als wir uns in tiefster Zufriedenheit mit Sirkisil auf den Felsen sonnten? Oder an unser Labor? Hast du dir mal Gedanken darüber gemacht, dass wir vielleicht beides nicht mehr wieder sehen werden?" „Nun halt aber mal die Füße still, Alter. Natürlich denke ich an Sirkisil. Genauso an das Labor, an meine Mutter und an alle anderen. Aber das ich sie nicht mehr sehen soll, dass glaube ich nicht. Im Gegenteil, ich freue mich darauf, sie in meine Arme schließen zu können. Und Du solltest alles tun, um mir das zu ermöglichen."
Joe musste grinsen. Ein kurzes Lächeln zurück beendete unser Gespräch und wir folgten, in unsere Gedanken

137

versunken, den anderen immer tiefer in den Wald hinein. Wenn nötig stärkten wir uns mit Lazar´s Mixturen.

Eine Ewigkeit verstrich, ehe Lazar uns eine weitere Schlafpause zugestand. Ich wickelte meine Füße aus dem Kettnar und massierte sie.
„Hier - nimm` ein wenig davon und massiere es in deine Füße."
Lazar stand mit einer kleinen Kalebasse vor mir und träufelte eine ölige Flüssigkeit in meine Handflächen, welche ich sofort in meine schmerzenden Füße rieb.
Und dieses mal schaffte ich es, einen Zug aus Jefant`s Pfeife zu nehmen.
Als ich erwachte, schliefen alle noch. Außer Lazar. Ich weiß nicht, wie er das machte, aber er hatte bestimmt seit zwei oder drei Tagen nicht mehr geschlafen.
„Nun – da du wach bist, wecke auch die anderen. Gib jedem eine Schale Richute."
Er gab mir den Krug und einen Becher, worauf ich einen nach dem anderen weckte.
Joe natürlich zu erst!

„Da ihr nun alle wach seid, möchte ich mit euch unser weiteres Vorgehen besprechen.
Es ist nicht mehr allzu weit bis zum Tempel. Sollten wir zuerst eintreffen, legst du den Stein in seine Fassung und alles ist vorbei." Mit ernstem Blick schaute er dabei auf Joe.
„Falls nicht, bleibst du in Deckung, bis es die Lage erlaubt. Jefant, Talif und Torom werden sich um einen freien Weg zu Kufurs Fassung bemühen.
Ich werde mich um Schamat kümmern. Du, Legar, bleibst hinter mir. Sobald ich den ersten Schlag führe, greift ihr an."

138

Nach einem fragenden Blick in die Runde, öffnete er den Beutel mit den Schwertern und gab jedem von uns eins. Es lag leicht in der Hand. Viel leichter, als ich es vermutet hätte. Lazar schüttete das restliche Richute ins Gebüsch. Wir umbanden unsere Füße mit dem Kettnar und machten uns auf den Weg. Es wurde still. Die Geräusche des Waldes, die uns bis dahin begleiteten, verstummten. Kein Vogel erhob seine Stimme. Kein Tier, dass vor unserem Kommen flüchtete. Wir mussten nahe des Tempels sein. Lazar hob seine rechte Hand. Wie auf Kommando blieb jeder von uns stehen. Ich ertappte mich sogar dabei, wie ich meinen Atem anhielt. Aber es war nichts zu hören. Kein Mucks. Eine Stille die, hätte ich sie allein erlebt, den Schweiß der Angst durch mein Gesicht gepresst hätte. Lazar winkte uns heran. „Sie sind schon hier. Sie warten auf uns. Sie erwarten uns!"

„Was sollen wir tun?" fragte Jefant laut, was jeder von uns dachte.

„Nun, wir werden zu Ende bringen, was wir begonnen haben. Denk` daran Tabor, das einzige was zählt ist, dass du den Stein an den für ihn bestimmten Ort legst."

„Mit meinem Leben trete ich dafür ein, Lazar."

Wow - das hat gesessen. Ich war tief beeindruckt, denn ich wusste, er meinte es ernst.

„Dann lasst uns gehen. Wir wollen sie nicht noch länger warten lassen."

Jeder von uns kannte seine Aufgabe und auch ich war bereit, mein Leben zu geben, um sie zu erfüllen. Es war nicht die Zeit zu fragen, was ich hier mache. Oder warum?

Es war nun mal so. Die einzige Möglichkeit zu entrinnen, wäre das erwachen aus einem Traum gewesen. Aber das war unwahrscheinlich. Noch unwahrscheinlicher als wirklich hier zu sein?!?

Lazar ging zügigen Schrittes voran. Wieso auch nicht, wenn sie uns eh erwarten, brauchten wir ja nicht mehr zu schleichen. Wir gingen noch etwa 300 Meter, bis das Dickicht des Waldes dem Tempel wich. Der Anblick lies mich schaudern. Eine runde Plattform aus weißem, rotgeädertem Marmor. Im Durchmesser etwa fünfzehn Meter groß.
Kein Laub! Kein noch so kleiner Fleck! Als wäre sie frisch poliert. Und das mitten im Wald! Ein dreiviertel dieses Kreises wurde von schwarzen Säulen von unterschiedlicher Höhe eingezäumt.
Die kleinste vielleicht vier, die höchste etwa sechs Meter hoch. Es schien, als wuchsen sie im Abstand von zwei Metern aus dem Marmor. Ich schaute auf Lazar`s Stock und war mir sicher, dass dieser aus dem selben Material war.
Vier Stufen führten auf die darunter liegende Plattform.
Es war gespenstisch. Ich musste an Lazar`s Geschichte denken. Vor uns auf den Stufen saß Schamat Agar. Neben ihm Atane. Wahrscheinlich dachte Schamat, wir wären ein leichtes Spiel für ihn, denn es waren kaum mehr als eine handvoll Wachen bei ihm.
Einer links neben ihm, einer rechts neben Atane. Zwei weitere etwa zwei Meter vor ihm und nochmals drei bewachten die Fassung Kufurs. Sie war aus dem selben Marmor, wie die Säulen. Seine Struktur ähnelte der eines in sich verwundenen Baumes. Am unteren Ende so dick wie Joe`s Oberschenkel. Nach oben hin immer dünner werdend, bis zur Größe und Form einer geöffneten Hand, deren Finger etwas von hölzernen Klauen hatten.

140

„Nun, Lazar. Wie ich sehe, hast du den Weg nach all`
den Jahren noch gefunden."
Es fällt mir schwer, seine Mine während er dies sprach,
zu beschreiben. Es war ein Grinsen. Ein hämisches
Lächeln. Zwar überrascht, aber nicht unbedingt
angenehm.
„Ich dachte, du wärst tot. Hatte ich dich nicht getötet? So
war es doch! Wie dem auch sei, es wird mir eine Freude
sein, dies nochmals für dich zu tun. Sind das deine
jämmerlichen Begleiter? Wer von ihnen hat den Stein?"
„Du wirst es nie erfahren." erwiderte Lazar, ging auf
Schamat zu und stieß die eine Seite seines Stockes in den
Bauch der ersten Wache, die seinen Weg kreuzte.
Das war unser Zeichen. Torom, Talif und Jefant stürmten
mit gezogenen Schwertern Richtung Kufurs Einfassung.
Ich folgte Lazar, der seinen blutigen Stock aus dem
Bauch der Wache zog. Noch während dieser zu Boden
ging, schob er die andere Seite seines Stabes nach oben,
gegen das Kinn der zweiten Wache. Der Schlag war so
heftig, dass man das Knacken seines Genicks hören
konnte. Er flog bestimmt einen Meter nach hinten und
ich war mir sicher, dass er den Aufschlag auf den Boden
nicht mehr spürte. Angesichts dessen, durchwog eine
wärmende Euphorie meinen Körper.
Lazar stand zwei Schritte später kurz vor Schamat und
hob seinen Stock zum Schlag.
Nur einer seiner Schergen verhinderte diesen. Schamat
grinste immer noch, so als sähe er überhaupt keine
Gefahr. Weder in uns, noch in Lazar.

Lazar hatte Mühe. Diese Wache war nicht so schnell zu
besiegen, wie die anderen beiden. Schamat machte eine
Geste zu der verbleibende Wache links neben ihm und
ihn zu mir wies. Langsam erhob sich dieser und kam auf

141

mich zu. Die Euphorie wich der Angst. Hochkonzentriert hob ich mein Schwert gegen ihn. Gerade in Reichweite, vernahm ich einen Schrei. Natürlich schaute ich nach und sah Talif mit einem Schwert im Bauch zu Boden sinken. Ein Stich durchfuhr meinen ganzen Körper, als hätte ich den Stahl in meine Eingeweide bekommen, als mich auch schon Schamat's Scherge mit seinen Armen umschloss. Er drückte so fest zu, dass sich meine Hände öffneten und das Schwert klirrend zu Boden fiel. Sogleich lockerte er seine Umarmung, gerade so, dass ich genügend Luft zum atmen bekam. Beim kleinsten zappeln drückte er meine Lungen zusammen und mein Blut schoss mir ins Gehirn.

Er war mindestens zwei Meter groß. Seine Statur war nicht besonders kräftig, dennoch hielt er mich bewegungslos etwa zwanzig Zentimeter vom Boden ab. So musste ich tatenlos zusehen, wie die Schlacht ihren Lauf nahm. Lazar hatte seine Sache einigermaßen im Griff. So schien es zumindest. Schamat saß immer noch auf den Stufen. Es sah so aus, als würde er sich prima unterhalten.

MACHTLOS

Ab und an wendete er sich Atane zu, der immer noch neben ihm saß und sprach zu ihm, gerade so, als säße er als Gast bei einem Boxkampf in der ersten Reihe und kommentierte den einen oder anderen Schlag.

Torom eilte zu Talif, hob sein Schwert und trennte den Kopf der Wache von deren Körper, noch bevor dieser sein Schwert aus Talif's Bauch zog. Der Kopf flog mit weit aufgerissenen Augen auf Talif und kullerte von diesem auf den Boden, wo er in einer Lache von Blut liegen blieb. Der Körper sackte zusammen und fiel reglos zur Seite.

Talif umklammerte das Schwert, welches in ihm steckte so fest mit seinen Händen, dass die Knöchel seiner Finger weiss wie Schnee wurden. Jedoch fehlte ihm die Kraft es aus seinem Körper zu ziehen. Es hätte wohl auch nicht viel geholfen.

Mit großen Augen schaute er mich an. Joe hielt sich immer noch in seinem Versteck. Er musste wie ich, tatenlos dem Geschehen beiwohnen. Jefant und Torom kämpften mit den verbliebenen Wachen. Jefant schlug sich wacker, dennoch waren beide eher mit ihrer Verteidigung beschäftigt, als mit einem Angriff. So dauerte es auch nicht lange, bis Jefant einen Hieb in die Seite bekam. Schamat würdigte dies mit einem dezenten Klatschen.

Torom wirbelte einmal um sich selbst, während er einen Schritt näher zu Jefant sprang

Sein Schwert trennte mit ausgestrecktem Arm den Kopf vom Leib der Wache, bevor dieser den tödlichen Stoß gegen Jefant führen konnte. Ich hörte nur ein „Ooooh" von Schamat, so als hätte es die Mücke geschafft, den Elefanten zu stechen.

Jefant fiel auf die Knie und hielt sich die Rippen seiner linken Seite. Blut rann zwischen seinen Fingern. Mit Sicherheit waren eine oder zwei seiner Rippen gebrochen. Aber er lebte – zumindest noch. Leider verlor Torom durch diese Aktion seinen Gegner aus den Augen, was ihn den linken Unterarm kostete. Doch Jefant rappelte sich wieder auf und wollte Torom im Kampf gegen die letzte Wache helfen.Torom`s Unterarm lag auf der blutverschmierten Marmorplatte. Dies hinderte ihn jedoch nicht daran, weiter zu kämpfen. Im Gegenteil. Wie ein Berserker drängte er die Wache mehr und mehr zurück. Jefant kam keinen Deut näher, bis es Torom schließlich gelang, den tödlichen Stoß zu führen.

Joe sah seine Chance. Er rannte aus seinem Versteck Richtung Kufurs Fassung.

Schamat stieß mit seinem Ellenbogen in Atane`s Seite. Dieser sprang auf und rannte die vier oder fünf Meter auf Joe zu. Joe erhob sein Schwert. Atane umwand ihn wie eine Natter, noch eh es herab fuhr. Mit seinem Ellenbogen stieß er gegen Joe`s Kinn, dass es ihn von seinen Beinen riss und er unsanft auf dem Boden landete. Man sah, dass Atane all die Jahre nicht untätig war. Wie eine Katze täuschte er Joe und die Schlange biss zu. Schamat verzog seine Mine, als wolle er sagen, „Autsch - das tat bestimmt weh?"

Mit einem Blick signalisierte er Atane, dass er sich mit seiner Härte zurück halten solle. Sorge einfach dafür, dass er nicht in die Nähe der Einfassung kommt.

Aber Joe blieb liegen. Es sah gar nicht gut aus. Und ich - reglos in der Klammer dieses Affen. Der pure Hass stieg in mir auf. Das einzige, was ich bewegen konnte, waren mein Kopf und meine Beine. Tatenlos musste ich zusehen, wie sich das Blatt zu deren Gunsten entwickelte und Schamat, der zweifellos die größte Macht hatte, bewegte noch keinen Finger. Mein Hass wurde immer größer. Mein Kopf! Schoß es durch mein Gehirn. Wie ein Elektroschock durch fuhr es meinen Körper. Ich schmiss ihn mit all` meiner Kraft seitlich nach hinten, wo ich sein Nasenbein vermutete.

Und Volltreffer. Es knackte so laut, dass ich richtig erschrak. Seine Umklammerung löste sich und ich fiel zu Boden. Meine Knie knickten ein, so dass ich aus einer fließenden Bewegung heraus mein Schwert griff, aufstand und es mit all meiner Kraft nach hinten rammte. Es drang in Höhe seiner Blase in seinen Bauch ein, noch während seine Hände an seiner blutenden Nase weilten.

Schamat bemerkte meiner Tat ein „ehhh" bei, während er dezent in seine Hände klatschte. Ich zog das Schwert aus meinem Gegner und stürmte die paar Schritte auf ihn zu. Er grinste mich nur an. Etwa drei Meter vor ihm hob er seine flache Hand gegen mich. Ich spürte einen Schmerz, als wäre ich gegen einen Amboss gerannt. Schamat saß immer noch mindestens drei Meter entfernt von mir. Um Atem ringend ging ich zu Boden. Er kicherte nur, er wusste genau wer wir waren. Wahrscheinlich war dies der einzige Grund, warum Joe und ich noch lebten. Lazar hatte seinen Gegner besiegt und war nun mit Schamat zu Gange. Natürlich kämpften die beiden einen Kampf unter sich. Richtig mit Magie und so. Mir war klar, dass ich da nicht mitmischen konnte. Trotzdem versuchte ich frühzeitig wieder auf die Beine zu kommen. Mit dem Schwert als Stütze rappelte ich mich auf und überblickte die Lage. Joe lag etwa vier Meter vor mir. Wie ich sehen konnte, kam er gerade wieder zu sich. Jefant lag wieder auf dem Boden. Wahrscheinlich hatte ihn Atane mit einem kurzen Tritt in seine Rippen zum zweiten mal niedergestreckt.

So konnte er sich voll und ganz auf Torom konzentrieren. Doch das war gar nicht nötig. Torom war viel zu geschwächt. Sein Blutverlust und die letzte Attacke kosteten ihn seine restliche Kraft. Atane schien dies zu bedauern. Wie gerne hätte er ihm gezeigt, welch` geschickter Kämpfer er ist. So spielte er nur noch ein wenig mit ihm. Dennoch merkte Atane nicht, dass Torom ihn mit dem Rücken zu uns hielt. So hoffte ich, mich unbemerkt anschleichen zu können. Nur so hätte ich, wenn überhaupt eine Chance gegen Atane.

Ich rannte also mit vorgestrecktem Schwert gegen seinen Rücken, mit dem Gedanken, ihn zu durchbohren. Die ganze Wut und mein ganzer Hass, in jedem Schritt, der mich voran trieb. Ich rutschte in einer Lache von Blut aus, fiel auf meinen Hosenboden und rutschte die restlichen Meter zu Atane. Reflexartig drehte er sich um, schlug mir das Schwert aus der Hand und bekam Torom's von hinten durch die Brust. Beide fielen fast gleichzeitig zu Boden. Als Schamat sah, dass Atane mit dem Schwert durch seinen Körper zu Boden ging, stieß er einen Schrei aus, der den Marmor auf dem wir standen zum Vibrieren brachte.
Lazar nutzte seine Gelegenheit und stieß seinen Stock tief in Schamat's Gedärme. Ungläubig starrte er zuerst auf Lazar, dann auf mich, dann fiel er nach vorne. Der Marmor trieb Lazar´s Stock durch ihn hindurch. Die ganze Last, die Anspannung - einfach alles fiel von mir. Alles war wieder ruhig.

146

„Wir haben es geschafft", ging es durch meinen Kopf. „Wir haben es tatsächlich geschafft. Haben wir es wirklich geschafft?"

Ich schaute zu Joe. Er saß auf dem Boden. Seine Arme umschlossen seine Knie und sein Kopf versank in seinem Schoß. Jefant blickte mit einem schmerzverzerrten Lächeln zu mir und nickte. Lazar stand über Schamat und zog seinen blutverschmierten Stock aus ihm heraus. Sichtlich geschwächt kam er mit einem erleichterten Lächeln auf uns zu. Schnell bemerkte er, dass Torom am ehesten Hilfe benötigte. Während er auf ihn zu ging, zog er Kufur aus der Tasche. Ich wunderte mich nicht schlecht. Mein Blick ging zu Joe. Er erwiderte ihn mit einem leichten Grinsen, während er nickte. Joe hatte Kufur gar nicht bei sich, das war also nur eine Finte. Lazar half Torom auf den Rücken und legte Kufur auf seine Brust. Die wilden Farbspiele in Kufur wandelten sich augenblicklich zu einem tiefen Rot. Lazar presste seine Hand auf Kufur und sprach mir unverständliche Worte.

Man konnte regelrecht sehen, wie sich die Wunde seines Armes schloss und er langsam wieder zu Kräften kam. Es dauerte nicht lange, bis er sich wieder aufrichtete.

Danach ging Lazar zu Jefant.

„Gut gemacht Jefant. Jeder von Euch hat seine Sache sehr gut gemacht."

Er gab Jefant den Stein. „Presse ihn auf deine Wunden. Du spürst seine Wirkung. Wenn es dir wieder gut geht, gib ihn Tabor."

Darauf hin verließ er Jefant und ging zu Talif. Der Arme lag in seinem eigenen Blut. Seine leblosen Finger umschlossen noch immer den Stahl, der ihn tötete. Lazar kniete nieder. Joe hatte schon den Stein, als Lazar zu reden begann: „Teurer Freund. Hier endet also deine

147

Reise. Doch dein Mut und deine Tapferkeit werden nicht vergessen. Ewig wirst du mit uns sein."

Mit diesen Worten zog er das Schwert aus Talif. Joe war fertig mit dem Stein und wollte ihn Lazar zurückgeben.

„Und was ist mit mir?" fragte ich.

„Wieso?", erwiderte Joe, „du hast doch am wenigsten von uns abbekommen."

„Und mein Steißbein? Meinst du, dass ist aus Gummi?"

Joe musste Lachen und alle anderen mit. Er gab mir den Stein. Ich presste ihn zuerst auf meinen Brustkorb. Ich konnte immer noch nur unter Schmerzen atmen und das Lachen war echt die Hölle. Als wieder alles im Lot war, hielt ich ihn noch mal eben ans Steißbein. Ich landete nämlich wirklich auf diesem und es tat auch ganz schön weh. Als ich fertig war reichte ich Kufur Lazar."

Meine Aufgabe ist erfüllt," sagte er, „gib ihn Joe. Er hat die Seine noch vor sich."

Ich ging zu ihm.

„Geschafft Alter... oder was sagst du?"

Ich spürte, wie er mit sich rang, seine Tränen zurück zu halten. Ich nahm ihn in meine Arme. „Und jetzt gehen wir zurück zu Sirkisil, wa? Aber vorher noch Kufur in seine Einfassung legen.

"Klaro man", Joe ging mit Kufur in der Hand zum Altar und legte ihn behutsam wie ein rohes Ei in die steinerne Klaue. Diese schloss sich um ihn, worauf Kufur mit einem Farbenspiel begann, dass mich zu Tränen rührte.

Das Schwarz der Säulen zog in den Boden und hinter lies ein strahlendes Weiß. Das Blut versickerte im Marmor, als würde der Boden es aufsaugen. Schamat wie auch seine Schergen, zerfielen vor unseren Augen zu Staub und versanken gleichfalls im Marmor.

Binnen Kurzem erstrahlte der Tempel, als hätte nie eine Schlacht stattgefunden.

148

Kufur's Leuchten breitete sich im ganzen Tempel aus und umhüllte uns.

Ich spürte eine Kraft, eine Macht meinen Körper durchdringen, als ich sah wie Talif vom Boden abhob. Es schien, als löste sich sein Körper von Kopf bis Fuß in Materie auf, welche Kufur in sich einsog. Starr vor Ehrfurcht beobachteten wir das Schauspiel bis ein Schlag, ähnlich dem durchbrechen der Schallmauer, mich zusammen zucken lies.
Alles war vorbei. Kufur lag still eingebettet in seiner Fassung. Sein inneres war ein Spiel der Farben. Sämtliche mischten sich untereinander und spiegelten wider.

Erst jetzt fiel mir auf, dass die Stimmen des Waldes gegenwärtig waren. Vögel sangen ein Lied, wie ich es in seiner Schönheit nicht zu beschreiben vermag. Einige Tiere traten neugierig ins innere des Tempels. Es war ein Ort des Friedens. Der Wind nahm den Schleier des Frostes, der auf dem Wald lag, mit sich und sogleich erwärmte sich dieser. Es war ein unbeschreibliches Gefühl und ich wusste, dass sie alle, Joe, Lazar, Torom und Jefant, ja selbst Talif, dieses mit mir teilten.

HELDEN?!

„So, du Held. Jetzt können wir zurück zu Sirkisil. Oder hast du noch etwas zu erledigen?" Joe kam mir zur Seite und legte seinen Arm um mich.

„Nö," erwiderte ich. „Hab nix mehr vor hier."

Wir bildeten alle zusammen einen kleinen Kreis. Wir mussten nicht viel reden. Wir fühlten.

Lazar würde wieder zurück in seine Hütte gehen und hilfreich zur Seite stehen: jedem der um seine Hilfe bat.

Ich hatte das Gefühl, dass dies sein letztes Leben war und dass er seinen Frieden in Kufur finden würde.

Jefant und Torom würden sich Hokesch's Familie annehmen und hätten darüber hinaus sicherlich reichlich zu tun.

„Ihr wollt zurück nach Frokat?" begann Lazar.

„Ich kann's kaum erwarten", erwiderte ich.

Lazar legte seine Hand auf Joe`s linke Schulter. „Gilmesch benötigt dringend einen neuen Stadthalter. Wüsstest du nicht einen? Du weißt schon. Nicht so einen, wie den letzten." „Wie wäre es mit Jefant?", hinterfragte er vorsichtig. „Keine schlechte Wahl, mein Freund. Aber ich denke, du wärst der Bessere."

Joe überlegte kurz. „Dein Angebot ehrt mich. Aber im Moment möchte ich nur weg von hier. Ich werde dein Angebot überdenken. Es birgt einen gewissen Reiz."

„Nun Jefant", fuhr Lazar fort. „Jetzt ist es an dir, Gilmesch zu führen. Aber nur so lange, bis Tabor zurückkommt."

„Falls ich zurückkomme." erwiderte Joe.

Lazar braute noch einen Tee, den wir während wir uns über Einzelheiten unseres Abenteuers ausließen, tranken.

ZEIT ZU GEHEN

Es war an der Zeit zu gehen. Wir standen auf. Jeder machte seine letzten Handgriffe, um reisefertig zu sein. Ich zog meine Kutte zurecht, steckte mein Schwert in den Gürtel und nahm das Bündel, welches Lazar uns zurecht gemacht hatte, in die Hand.

„Ist auch Hollywurz dabei?" fragte Joe.

Lazar lächelte. „Macht euch keine Gedanken. Ihr seid näher an Frokat, als ihr glaubt.

Der Berg war ein Fluch Schamat's. Erinnert ihr euch? Es gibt ihn nicht mehr. Aber um auf deine Frage zurück zu kommen.... Ja - ihr habt reichlich Hollywurz dabei."

„Das beruhigt mich. Wirklich!"

Ein letzter Händedruck, eine letzte Umarmung - so trennten wir uns.

„Was meinst du? Wie weit mag es wohl sein bis Frokat?"

„Ich weiß nicht. All` zu weit kann es nicht sein. Weißt du noch? Es war nicht lange nach dem Berg, bis wir die Stille vernahmen. Zwei oder drei Stunden vielleicht. Und wenn der Berg, wie Lazar sagte, nicht mehr da ist, würde ich sagen, wären wir vielleicht heute Abend schon zu Hause."

„Vermisst du die Nacht, Aaron?"

„Ich weiß nicht. Irgendwie schon. Irgendwie aber auch nicht. Hmmm - ich glaube nicht wirklich. Wieso?"

„Na ja, weißt du, wenn ich wirklich hier bleibe, werde ich nie wieder eine Dämmerung, einen Sonnenaufgang, die Nacht und die Sterne sehen."

„Hast du denn vor, hier zu bleiben?"

„Ich weiß es noch nicht. Vielleicht ja, vielleicht auch nein."

Wortlos, jeder in seinen Gedanken vertieft, setzten wir unseren Weg fort, bis wir nach circa drei oder vier Stunden den Rand des Waldes erreichten.

Es war herrlich! Der Berg war tatsächlich verschwunden. Als wäre er nie da gewesen.

Nur ein Hügel, aus grünem, saftiges Gras erstreckte sich bis zu Tekarr's Hütte, dessen Dach wir gerade noch sehen konnten. Ein Blick genügte und alles war klar.

Der erste hat gewonnen. Wie in Trance rannte ich, immer die Hütte vor Augen, auf diese zu. Mit jedem Schritt sah ich mehr von ihr, bis wir den Scheitelpunkt des Hügels erreichten.

In voller Pracht lag sie vor uns. Tekarr saß mit Berrig und Tem-tar vorne auf dem Wagen. Die Mansars waren angespannt. Bekira, Sirkisil und Salira standen daneben. Anscheinend wollten sie gerade aufbrechen. Ich weiß nicht mehr, wer von uns beiden anfing. Jedenfalls schrien wir so laut wir konnten.

Tekarr sah uns zuerst. Wild sprang er auf, setzte sich hin und peitschte die Zügel auf die Mansars, dass diese mit einen solchen Satz losstürmten, dass sich Berrig und Tem-tar schnellstens halt suchen mussten, um nicht nach hinten zu fallen.

„En da derret fan, Legar ta Tabor derret fan!" schrie er.

Sirkisil hatte gar keine Chance noch auf den Wagen zu kommen. Kurzerhand rannte sie hinterher. Völlig außer Atem lies ich mich, alle Viere von mir, zu Boden fallen. Kurz darauf spürte ich auch schon die Hufe die, wie das

152

Gerumpel des Wagens, den Boden erschütterten. Tausend Dinge schossen durch meinen Kopf während ich in den Himmel schaute, doch am Ende blieb nur eins: endlich schlafen!

Als ich meine Augen öffnete, sah ich zwei riesige Mansars neben mir stehen. Tekarr sprang gefolgt von den anderen vom Wagen.

„Ihr seid wohlauf. Kotamar sei Dank! Wir haben uns solche Sorgen um euch gemacht. Der Boden tat sich auf und hat mit einem Donner den Berg verschlungen. Wir dachten das Schlimmste und hofften das Beste.

Kurz nachdem der Boden sich schloss, kam Berrig mit seiner Familie zu uns. Besorgt berieten wir, was zu tun sei. Wir beschlossen, euch zu suchen. Und gerade als wir los fahren wollten, seh` ich euch. Kotamar sei Dank."

Er schloss uns in seine Arme und drückte uns kräftig. Sirkisil rannte immer noch. Die letzten paar Meter musste sie jedoch völlig außer Atem gehen. Tränen standen in ihren Augen.

„Ihr seid zurück. Ich bin so froh. Ich bin so froh." Sie umarmte mich mit letzter Kraft und hauchte mir, mit zitternder Stimme ein: „Ihr lebt - ich bin so froh!" in mein Ohr.

Sie küsste mich zart auf die Wange und ging zu Joe, in dessen Armen sie unter Tränen zusammenbrach. Als sie sich wieder einigermaßen beruhigt hatte, setzten wir uns auf den Wagen und fuhren zurück zum Hof.

Sirkisil schmiegte ihren Kopf an Joe`s Brust. Ich glaube, sie liebte ihn.

Bekira erwartete uns mit Tränen in den Augen am Tor zum Hof.

Auch Salira war, obwohl wir sie kaum kannten, sichtlich ergriffen.

153

Klondyke machte sich keine Mühe - er begrüßte uns mit einem anschmiegen um unsere Beine an der Haustür.

Wir setzten uns alle an den Küchentisch.

„Ich mache euch erst mal was zu Essen, was haltet ihr davon?"

„Prima Idee. Aber lieber erst mal schlafen. Einfach nur noch schlafen."

Joe war ganz meiner Meinung. Als ich erwachte, überkam mich ein merkwürdiges Gefühl. Hatte ich vielleicht wieder nur geträumt? Ich fuhr hoch, beruhigte mich jedoch sogleich, als ich die Kutte und mein Schwert auf dem Boden sah. Das zerfledderte Kettnar darunter. Ich fiel noch mal zurück und schlief wieder ein.

ALLES WAHR?!

Ich erwachte und schaute auf die andere Seite. Joe lag nicht mehr in seinem Bett.

Wie lange ich wohl geschlafen hatte? Insgeheim hoffte ich, dass Joe schon eine Weile länger wach war. So hätte ich das erste Fragen-Bombardement schon hinter mir.

Ich fühlte mich frisch und ausgeruht. So beschloss ich aufzustehen. Ich zog meine Kutte an und ging in die Küche. Bekira saß am Tisch und schnitt Früchte in einen Topf.

„Guten Morgen Legar. Hast Du gut geschlafen? Ich koche gerade Früchte ein um Saft zu pressen. Möchtest du frühstücken?"

„Ja! Frühstück wäre gut. Wo sind die anderen? Ist Joe schon lange wach?"

„Ja - er ist mit Sirkisil zum See. Sie sind noch nicht lange weg. Tekarr ist mit Berrig ins Dorf gefahren."

"Habe ich lange geschlafen?"

"Wir alle haben seither schon einmal geschlafen und Tabor hatte schon sein zweites mal".

Bekira stand auf, füllte meinen Becher mit Kaffee, schnitt mir eine Scheibe ihres leckeren Brotes ab und brachte mir einen ihrer leckeren Fruchtaufstriche. Der Geruch des Kaffees, (auch wenn sich dieser schon etwas länger in Aufwärmposition befand), sowie der bevorstehende Biss in das Brot, brachten meinen Gaumen, sowie sämtliche Drüsen in meinem Mund zum tanzen. Ich fühlte mich rundum wohl. Ein „zu Hause" lag auf meinen Lippen.

„War meine Mutter mal wieder hier?"

„Ja, sie ging vor vier Asaden."   „Dann wird sie ja bald wieder kommen."

155

Bekira lächelte. Wortlos und in Gedanken versunken frühstückte ich zu Ende.

Es fällt mir schwer, meine Stimmung zu beschreiben. Zumal sie ständig wechselte. Von Melancholie bis zur Freude und zurück.

Mir wurde schnell klar, dass ich bei Sirkisil und Joe am See fehl am Platz war.

Vielmehr zog es mich zu den Felsen. Ich stellte meinen Becher und das Brettchen auf den Spülstein und verabschiedete mich.

Voller Gedanken fand ich mich am Fuße des Felsens wieder.

Ich kletterte nach oben und wen sah ich da? Joe!

„Was machst du denn hier? Ich dachte, du bist mit Sirkisil am See? Wo ist sie?"

„Sirkisil ist noch am See. Ich war auch mit ihr dort. Aber irgendwie war baden gehen doch nicht so das richtige. Vielmehr hatte ich das Bedürfnis nach Ruhe. Aber damit ist es jetzt ja auch vorbei."

„Nun aber mal ruhig Brauner! Hätte ich gewusst, dass du hier bist, hätte ich mir ein anderes Plätzchen gesucht."

„Neee, lass mal. Eigentlich bin ich ganz froh, dass du gekommen bist."

Ich setzte mich neben Joe. Wortlos schauten wir auf den entfernten Wald, der nun Frokat von Gilmesch trennte. Alles lag so friedlich da. Als wäre nie etwas geschehen. Lediglich das fehlen des Berges bestätigte, das diesem nicht so war.

RÜCKKEHR

Als meine Mutter kam, dingsten Joe und ich zurück. Es war äußerst merkwürdig. Unser Labor hatte sich in keinster weise verändert. Wie auch? War ja keiner da und wir ja eigentlich gar nicht lange weg.

Aber dennoch blieb ein komisches Gefühl. Es zog sich durch den ganzen Tag. Autos, Ampeln, Menschen die durch die Straßen hetzen, Einkaufszentren und so weiter und so fort. Gar nicht gemütlich! Joe würde zurück gehen. Das war mir klar. Und ich?

Keine Ahnung. Beide Welten übten ihren Reiz auf mich aus.

Und pendeln? Während die Zeit in der einen Welt rast und in der anderen fast stehen bleibt? Und das unabhängig von meinen Empfindungen?

Wir waren gerade mal drei Tage weg - aber Wochen auf Frokat.

Und was ich hier nun sehe, wirkt eigenartig fremd und bizarr, obwohl ich alles und viel länger kenne.

Und Fortuna? Joe würde sie nur noch einmal brauchen. Es lag also an mir, über ihr Schicksal zu richten!

Das Labor schien mir längerfristig nicht der geeignete Ort zu sein. So beschlossen wir, sie umzubetten. Der sicherste Platz dafür war im Keller von Joe`s Elternhaus. Natürlich machten wir uns Gedanken, ob Fortuna nach dem Transport noch funktionieren würde. Aber es blieb auf Dauer keine andere Möglichkeit. Und alleine - ohne Joe - hätte ich es eh nie geschafft. Also musste er das Risiko eingehen, schlimmstenfalls nicht mehr nach Frokat zu kommen. Das heißt, er musste nicht - er tat es aus Freundschaft zu mir!

So zerlegten wir Fortuna und bauten sie in Joe`s Keller wieder auf.

Drei Wochen vergingen, eh sie dem ersten Test standhielt!

Seitdem sind 8 Jahre vergangen. Vier seit meinem letzten Besuch.

Joe – Verzeihung – ich meine Tabor nahm den Job als Stadthalter in Gilmesch an und Sirkisil zu seiner Frau. Sie gebar ihm zwei Söhne und eine Tochter.

Bei meinem letzten Besuch wurde Bekira zu Grabe getragen.

Sie starb eines natürlichen Todes in hohem Alter. Auch Sirkisil war mittlerweile einiges älter als Joe und ich. Doch er liebte sie, wie am ersten Tag. Seine Kinder waren erwachsen und Joe? Nun - er alterte kaum!

Es schmerzte mich sehr zu sehen, wie er nach und nach seine Lieben verlor.

Wie ich sie verlor! Zu sehen, wie sie altern und sterben.

Anfangs verbrachte ich etliche Zeit auf Gilmesch!

Doch dann lernte ich meine jetzige Frau kennen, mit der ich seit 1996 verheiratet bin.

Mein Sohn ist jetzt vier. Wir leben in Joe's Elternhaus und im Keller steht nach wie vor Fortuna unter einem Bettlaken verhüllt.

Vieles, was geschehen ist, warf und wirft Fragen auf, die ich bis heute nicht beantworten kann! Aber ich denke, es ist auch nicht so wichtig.

Vielleicht nehme ich ja eines Tage, wenn mein Sohn alt genug ist, das Laken von Fortuna und dingse mit ihm nach Frokat!